TAKE
SHOBO

富豪伯爵に買われましたが甘甘溺愛されてます♥

森本あき

Illustration
旭炬

蜜猫
MitsuNeko

富豪伯爵に買われましたが甘甘溺愛されてます♥

contents

イラスト／旭炬

富豪伯爵に買われましたが
甘甘溺愛されてます♥

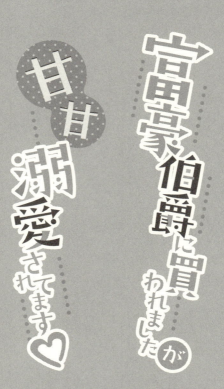

いやなやつ。
初めて会ったときは、そう思った。
それでも、助けてくれるのはこの人しかいなくて。
しょうがなく、望みどおりになった。
利用するだけしてやる。
そうやって割り切っていたはずなのに。
いつの間にか、魅《ひ》かれてしまっていた。
まるで、何かに導かれているみたいに。

第一章

「約束は守ってよ！」

テレサ・グラハムはジェイコブ・クラークソンをにらんだ。

こんなことになっても、心までは屈しない。

それを思い知らせたい。

「もちろん」

ジェイコブはにやりと笑う。

「俺は、おまえさえ手に入ればいいんだからな」

いつもどおり、傲慢《ごうまん》な言い草。野性的な外見にふさわしい。

野性的とはいっても、獣じみた、とかそういう感じではない。どう表現すればいいのだろうか。

自信たっぷりな態度。背が高くて、体はそこまでがっしりしていないのに、ちゃんと筋肉がついている。髪は長めで、それをかきあげるしぐさが妙に男らしく見える。本人もそれがわかっているだろう。身だしなみを整えることに興味がないのか、公の場に出る場合じゃないと、不精ひげを生やしていることが多い。なのに、それがまた似合っている。

強引な男が好きなら、きっと、彼の魅力に抗《あらが》えない。

顔だけを見るととても端整《たんせい》で、全体的にしゅっとしている。目は切れ長の一重、鼻筋はすっと通っていて小鼻も大きくなく、唇も薄い。目は黒くて、ちょっとエキゾチックな感じだ。それも、野性的と思わせる部分かもしれない。髪は濃い目のブラウン。黒に近いけど、真っ黒じゃない。目と比べると、色のちがいがよくわかる。

顔は整っているのに、雰囲気は野性的。その絶妙なバランスで、すごく女性にもてている。

わたしは好きじゃないけどね！　こんな人、好きになれるわけがない！

そもそも、わたしだって、男性にすごく人気があったのよ。かわいいね、と誉《ほ》めそやされて生きてきたわ。

子供のころは、鏡を見てうっとりしていた。

自分の顔が好き。

それは、すごく幸せなことだと思う。

適度に大きな目に長いまつげ、目はきれいなアーモンド形をしている。鼻はそこまで高くもなく、低くもなく、ちょうどいい。鼻先がしゅっとあがっているところがお気に入りだ。唇はふっくらしていて、きれいなピンク。あるべきところにあるべきものが配置されていて、とても整った顔立ちだと自負している。

黙っていれば、おまえはかわいいんだけどな。

昔はよく、父親が苦笑交じりにそう言っていた。たしかに、テレサは気が強い。何か気に入らないことを言われると、相手が、ごめんなさい、ごめんなさい！　と後ずさりしながら謝るまで、早口で責めたてる、でも、そういう部分は、顔には現れていない。お人形のようにかわいい、と初対面の人に評されていた。

生き様が顔に出るとか、そんなの嘘《うそ》よ、嘘。だって、わたしを知らない人には、おとなしくてかわいい、と思われるんだもの。

ジェイコブだってそう。いやなやつなのに、顔は端整なままゆがんでない。雰囲気が野性的なのも、むしろ長所になっている。

中身が外見に現われるなら、わたしたちはきっと醜くなっているはず。

でも、わたしはかわいくて、ジェイコブはかっこいい。

本当に不公平よね。だけど、しょうがないじゃない？　生まれもったものって、変わらないから。

…なんてことを考えてる場合じゃなかったわ！　顔なんてどうでもいいの！　いま、わたしはピンチなのよ！

テレサは覆《おお》いかぶさってくるジェイコブを強く押し戻した。

「ちゃんとして！」

「何をだ？」

ジェイコブが首をかしげる。

「わたしにも書類を見せてちょうだい！　どういう条件なのかたしかめないことには、このまま抱かれるわけにはいかないわ！」

そう、わたしは、いまから、この男に抱かれるのだ。

好きでもない、ううん、むしろ、きらいな男に。

「書類はおまえの親に渡してある」

「それが本当かどうかわからないでしょ！」

無理やりジェイコブにさらわれて、同意もなしに抱かれるわけじゃない。この関係を選んだのはわたし。望んでか、と問われたら、望んでない、とは答えるけれど、それでも、わたしが選んだ。だれに強要されてもいない。

そんなこと、わたしのプライドが許さない。

これまでずっと、自分の意思を曲げずに生きてきた。それはいまも変わらない。

いろんなことのために、抱かれる、と決めた。

いや、そうじゃない。

側室として、この男のものになる、と決めた。抱かれるのは、そのおまけみたいなものだ。

わたしは今夜をもって、ジェイコブの側室になる。そのためには、体を重ねなければならない。

ただ、それだけのこと。

もちろん、性経験なんてない。どういうことをするのかも、実際のところ、あまりよくわかっていない。

でも、すると決めた。

だから、する。

その前に、わたしが側室になることで、一生、生活に困らないお金が両親のところに入るという証拠が欲しい。

いまもまだお金がなくて不安でいる父親が安心できるように。

その証拠が、抱かれる前に欲しい。

テレサの家は、ある日突然、落ちぶれた。予兆があったわけでもない。本当に急に、まるで何かの陰謀かのように、ぽん、とお金がなくなったのだ。それまでは代々つづく男爵家として、優雅に暮らしていた。

なのに。

「小切手が不渡りです」

行きつけの洋品店に入ったとたん、そう言われた。

意味がわからなかった。

不渡りって何？　それ、どういうことなの？

そんな不審な表情を浮かべていたのだろう。店主が、銀行にお金がないから、小切手が換金できないんですよ、と丁寧に説明してくれた。そう言われても、まだ信じられなかった。

だって、お金がないはずがない。うちはお金持ちなんだもの。

混乱したまま、資産を管理してくれている事務所を訪ねてみた。担当者は、ああ、ようやく、という表情でテレサを見る。

それでわかった。うちには、本当にお金がないんだ、と。

どういうことですか、となるべく落ち着いて聞いた。冷静にならないと、きちんと理解できない。

「資産を増やす努力をまったくしてなかったんですよ。株は分散させてください、とも、お頼みしたのに、ずっと変わらず一社のままでした。そこがついこの前、倒産したんです。あそこは危ないです、と忠告していたのに、会社の社長は長年の友人だし、うちの株を売らないでくれ、と頼まれたから、の一点張りで。当たり前ですよ。会社が危ないのに大量に株を持っているところが売ったら倒産が早まるだけですからね」

…経済に関してはよくわからない。その株を持っていたからといって、何がいけないんだろう。倒産したから、どうしたの？

「おかげで、全財産の半分以上が消えてしまいました」

…え？　でも、半分はまだ残っているのよね？　だったら、大丈夫じゃないの？

「新たに投資をしてほしい、とお願いしても、面倒だからいい、と断られました。増やさずに使ってばかりだと、お金はあっという間になくなります。お父上が家を継いだときから投資をしていても減りつづけていたのに、投資をしなくなったとたん、その減り方は急カーブを描くように大きくなりました。このままだと数年でお金がなくなります、とお父上に忠告はしていたんですが、まったく聞く耳を持ってもらえずに、結果、わたしたちの言ったとおりになったんです」

担当者は淡々と答えた。困りましたね、という様子でもない。つまり、もう顧客ではない、ということだろう。

テレサは、どうにかならないんですか、と食い下がった。何か方法があるにちがいない。だって、ついさっきまで、贅沢《ぜいたく》に暮らしてきたのよ？

「どうにもなりません」

担当者は肩をすくめる。

「投資するための資金がないですからね。ゼロからお金を生みだすことはできません。うちも手を引かせていただきます。お嬢様がいらしてくださってよかった。この話をしようとしても、お父様はまったく聞く耳を持っていただけなかったので」

テレサは、ふらふら、と外に出た。いつ話が終わったのかも覚えていない。

お金が本当にないんだ。

そのことだけは理解したけれど、どうしていいのかわからない。

そのときはまだ、父親が悪いとは思っていなかった。きっと、管理事務所からの手紙を読むのがめんどうだっただけ。悪気なんてない。

家に帰って、うちにお金がないらしいんだけど、お父様、隠し財産とかあるわよね？　と聞いた。なるべく明るく、深刻にならないように。

「ないよ。管理事務所に預けてあるのが全部だよ」

父親はあっけらかんと答える。

「それがなくなってるのよ！」

大きな声を出したくないのに、いらつきが止まらない。どうして、平気でいられるんだろう。

わたしは今日、新しいドレスを買う予定だったのに。ドレスが買えなかったばかりか、一文なしだと告げられた。

そんなひどい話あるかしら？

「へえ、なくなるのは脅しじゃなくて本当だったんだ。でも、テレサの信託金《しんたくきん》が残っているから大丈夫だよ。私の母親が、テレサのためにかなりの財産を残してくれているし」

ああ、なんだ。よかったわ。

テレサはほっとした。

当たり前よね。全財産がなくなるのなら、お父様だってこんなに悠然としていられないわ。

でも、そういうお金があるのなら、担当者もあんなに冷たく追い払うこともないのに。事務所を変えてやろうかしら。心配して損したわ。一文なしになんてなってなかった。

テレサは意気揚々と再度、管理事務所に出向いた。がっくりして帰ったテレサが、また元気に現れたのを見て、不審そうな表情を浮かべている。

「わたしの信託金がありますよね？　それをうちの口座に回してください」

テレサは自信たっぷりにそう告げた。

おばあちゃまが残してくれたんだから、莫大《ばくだい》な資産のはず。それだけあれば、困らない。

テレサの言葉を聞いて、担当者は本気で気の毒そうな表情を浮かべた。

ああ、ないんだわ。

また、すぐにわかってしまう。

信託金も消えてしまったのね。

担当者の話は、テレサの勘を裏付けただけだった。

「信託金は、たまりにたまった支払いにすでに回してあります。破産するか、信託金を移動するか、どっちかを選んでください、お返事がない場合は、こちらの判断で信託金を使わせていただきます、と、お父上に手紙を書きました。返事がないので、使わせていただきました。わたしどもは、信託金をきちんと運用して、もっと資産を増やすようにお願いしていたのですが、まったく聞き入れてもらえませんでしたので、残念な結果となりました。さっき申しましたように、お金はまったくないんです。こちらの力不足も痛感しております。せっかく信頼していただいたのに、あまり手助けができず申し訳ありません」

担当者が頭を下げる。つまり、これは、謝るぐらいならいくらでもするから二度と来るな、という意味だ。
そのぐらい、わかる。
テレサはまたふらふらと事務所から出た。
お金はまったくない。本当の本当に一文なし。
そのころには、お父様は悪くないのよ、とは思えなくなってきた。
悪気はなかったんだろう。でも、悪い。
そうとしか判断できない。
「お金がないの」
テレサは家に戻って、父親にそう告げる。
「そうか。でも、また、どこかから出てくるよ」
あ、この人はだめだ。
テレサはその瞬間にあきらめた。
父親にまかせておいたらだめなのだと、十八歳になる数《すう》ヶ《か》月《げつ》前に理解してしまった。
あの瞬間、テレサは大人になったのだと思う。
わたしがやるしかない。
お金に関して無頓着すぎる父親と、一年のほとんどは床に伏せっている病弱な母親。

その二人を守れるのは、わたししかいない。

まずは、お金がなくなったことを内緒にしておかなければ。破産した、なんて知れ渡ったら、めんどうなことになる。

だけど、残念なことに、こういう話が広まるのは早い。どこから聞いたのかはわからないけれど、三日もたたないうちに、グラハム家が破産した、とみんなが知ることになった。

それまでは上流階級の仲間とともにお茶会やパーティーに出席していたのに、まったく声がかからない。家に訪ねてくる人たちもいなくなり、使用人も全員が辞めた。

薄情な、と最初は怒っていたけれど、お金がなくなって、贅沢品《ぜいたくひん》ならまだしも、衣類や食料品といった生活に必要な品を買えなくなったら、考えが変わった。

お給金も払えないところからは逃げ出して当然だ。彼ら、彼女らにも生活がある。お金がなければ生きていけない。

そんなことすら知らなかった。お金はあって当然だと思っていた。

どうしよう、とおろおろするだけの父親と、そのときも病に伏せっていた母親。

このままだと三人で飢え死にしてしまう。そもそも、うちにどれくらいの食品の備蓄があるのかわからないし、料理なんてできない。食料がどこにあるのか、という根本的なところすら知らない。

テレサは親戚と知り合いに手紙を書くことにした。

困ってます。お金を貸してください。

そんな手紙が舞い込んでくるのは日常茶飯事で、父親はそれを読んで、そのままゴミ箱に入れていた。

テレサの手紙だって、ほとんどが無視されるだろう。それでも、もしかしたら何人かはお金を送ってくれるかもしれない。

そのもくろみは当たった。数人、ほんの少額ではあるけれど、小切手を送ってきてくれたのだ。ありがたかった。この恩は忘れないようにしないと。いつかお金が入ったら、ちゃんと返そう。借金の申し込みをされたら、お金を送ろう。

一番ほっとしたのは、これで母親の医者代が払えることだ。そのとき、母親は風邪からの肺炎にかかっていて、かなり危険な状態だった。毎日、医者がやってきてくれる。その代金を払えなくなったら、母親は助からない。

父親は、こんなはずじゃなかった、と途方に暮れていた。

どういうつもりだったの。

テレサはなるべく怒りを抑えて、父親に聞いてみる。気が強い、と言われるテレサだけど、両親のことは大事にしていた。特に、体の弱い母親のことが心配でしょうがない。

どういうつもりで、資産運用の事務所からの手紙を無視していたの？

お金がなくなるわけがない、と思って。だって、お金はあるものだから。

父親の言葉に納得するしかなかった。テレサだってそうだ。お金がなくなるなんて想像したことすらなかった。

送ってもらったお金がなくなりそうになったら、また借金の申し込みの手紙を書いた。今度は貸してくれる人ががくっと減った。

つぎに送った手紙には、だれも反応がなかった。

これは困った。

テレサは途方に暮れる。

いったい、どうしたらいいんだろう。さすがに、もうだれもお金を送ってくれない。

さすがにこのころになると、自分がしでかしたことを理解して、父親はずっとしょんぼりしていた。

お父様のほうが顔が広いんだから借金の申し込みをしてよ。

そう言ったら、背中を丸めて手紙を書いている。その姿があまりにも小さく見えて、でも、お金は必要だから止めることもできなくて、こっそり部屋で泣いたこともある。

そういえば、家にたくさんの美術品があるんだから、それを売ればいいんじゃないかしら。

むしろ、家ごと売ればいいんじゃないだろうか。

そうよ！　こんな広い家はいらないわ。もっと小さくて、お金がかからないところへ引っ越せばいい。

家を売るなんて、と反対するかと思っていた父親は、なんで、それに気づかなかったんだろう、と大喜びをした。

そうだよ。こんなに広い家を持っていてもしょうがない。この家が売れてくれれば、しばらくはお金に困らないだろう？

二人で相談した結果、売り出すことにした。母親には心配をかけたくないので、お金がなくなったことすら言っていない。

こういうときには上流階級のネットワークが役に立つ。だれか一人に、「お金がないので家を売ることになりました」と手紙を書けばいい。それだけで、他人の不幸が大好きな人たちが勝手に広めてくれる。

案の定、手紙が着いたと思われる翌日から、また人が訪ねてきだした。家を売るなんてことを知らないふりをして、見学したいだけなのだ。でも、ありがたいことに、なんの口実もなくやってこられるわけではないので、大丈夫なの？　ちょっとでも助けになれば、とそこそこの金額の小切手を渡してくれる。

これは本当に助かった。

でも、買い手はつかない。広すぎて、かつ、古すぎる、というのが理由だ。

家さえ売れれば、と思っていたのに、どうやらそれは無理らしい。

そんなときだ。ジェイコブ・クラークソンがやってきたのは。

クラークソン家のことは、よく知っている。公爵家の中でもかなりの権力を持つ、この国でもっとも有名な家のひとつだ。

「俺はジェイコブ・クラークソンだ」

ジェイコブはそう名乗った。それだけで通じるよな？　とでも言わんばかりに。

正直、ジェイコブのことは知らなかった。さすがに男爵と公爵では爵位に差がありすぎて、おなじ階級には属していない。上流階級にも段階があるのだ。

だから、テレサはジェイコブに会ったことはなかった。噂《うわさ》も知らなかった。

知っていたとしても、いまと結果がちがっていたとは思わない。

「こんにちは」

こんなにいばったようにクラークソンというからには、あのクラークソン家の血縁だろう。

そう判断して、テレサは愛想よくふるまった。

こういうときに、かわいくてよかった、と思う。なんだかんだいって、男はかわいい女の子に弱い。

「家をお探しですか？」

「買おう」

ジェイコブは、そう言った。

え？　と思った。買うって、何を？

家をだ！

「ありがとうございます！」

テレサはうわずった声で答える。

まさか、中も見ずに買ってくれる人がいるなんて。

そのとき、父親はいなかった。食料を買いに出かけていたのだ。使用人がだれもいない状況で、買い物に行きたくない、なんて言っていられない。交代で食料品を買いに行くことにしていた。

ここに父親がいてくれたらよかった。そしたら、二人で喜べたのに。

「いくらだ？」

テレサは父親と決めた金額を告げる。クラークソン家なら、まったく問題ないはずだ。

「安いな」

ジェイコブは驚いたように目を見開いた。

え、安いの？　もっと高くしておけばよかったかしら。

後悔しても、もう遅い。さすがにいまから値段をつりあげるわけにはいかない。

「娘を売るにしては、かなりの格安じゃないか？」

「……え？」

テレサはきょとんとジェイコブを見る。

どういうこと？　よく意味がわからないんだけど。

「おまえが売り物なんだよな？　すごくかわいいと聞いたから見にきたんだが、俺の好みぴったりだ。だから、買う。本当にいいのか、その値段で」

「待って！」

テレサはジェイコブを止めた。

おまえが売り物…つまり、わたしを買いたいってこと？　やっぱり、言っている意味が理解できない。

「わたしは売り物じゃないわよ？」

売っているのは、この家だ。美術品やら家具やらは全部つけるけれど、テレサはその中に含まれない。

「え、おまえじゃないのか？」

「ちがうわよ。そもそも、わたしを売るってどういう…」

あー、なるほどね。

そこで気づいた。

つまり、家ごとじゃなくて、わたしを単体で買いたい、ってことか。どういう買うなのか、なんて聞くまでもない。

「バッカじゃないの」

テレサは、ふん、と鼻を鳴らす。

「いくら、うちが落ちぶれたとはいえ、わたしが売り物になると思う？」

「むしろ、こっちが聞きたいんだが、おまえ以外に何が売り物になるんだ？」

ジェイコブが肩をすくめた。

「この家よっ！　代々伝わっているすばらしい…」

「その辺に飾ってある美術品がいくつか売れることがあっても、この家が売れることはない。まず、おまえがつきあいがあるようなやつらは似たような古くさくて広い家を持ってるから、もうひとつなんて必要ないし、急に金持ちになってでかい家が欲しくなったやつら…いや、やつら、ほどいないな、やつ、か。ま、そんなのはどうでもいいが、そいつももっと新しくてちゃんと手入れされてるところ買うに決まってる。そもそも、破産した家に住むなんて縁起の悪いこと、みんな、いやがるだろう」

「そんなことないわよっ！」

テレサは反射的にそう言ってしまってから、ジェイコブの言葉をじっくり反芻《はんすう》する。

…いや、そういうことはあるかもしれない。

「知り合いはみんな見学に来てくれたし！」

「で、だれが買ったんだ？」

痛いところをつかれて、テレサはうっとつまる。

そう、だれも買ってない。そして、最近はだれも訪ねてこない。一度やってきて、小切手を置いていってくれただけ。

「みんな、一応、顔を見せに来てるだけだから。俺らも、破産して家を売りだす、って聞いたら、一応、会いに行くもんな。それまでの借金の申し込みは無視してたけど、家を売るまで追いつめられたら、最終的には一家で無理心中とかも普通にあるし。そのときに何もしなかったら、後味が悪いだろう。だが、一回行って、お見舞い金みたいなもの渡したら、役目は果たしたことになる。そのあと、そいつらがどうなろうと、ちゃんと救いの手は伸べた、それでも無理だったなら本人の努力が足りない、って思えるしな」

なるほど、と思ってしまう。だから、売り出した、という噂が広まると、あんなに人が来て、みんな、小切手を置いていったのか。おかげで、いまはちょっとお金の余裕がある。だからといって、浪費したりはしない。だって、母親の医者代を残しておかなければ。それが一番大事なことだ。

父親もどうやら本気で反省したようで、きちんと倹約してくれている。二人とも料理も掃除も洗濯もできなかったが、そんなことを言っていられないので、テレサが料理、父親が洗濯を担当するようになった。掃除は気づいたほうがハタキをかける程度。母親の部屋だけは、いつもきれいにしている。

そんな暮らしでも、お金はどんどんなくなっていく。家族全員で浪費していたころなんて、この何十倍ものお金が一気に飛んでいっただろう。なのに増やす努力をしていなければ、なくなって当然だ。

残っている小切手も、いつまでもつのやら。

でも、それを考えるとこれから先のことが怖くてたまらなくなるので、なるべく頭から追い払う。それが無理なら、しばらく恐怖に震えておく。そのうち、怖さは消えていく。

働きに出ようか、ということも考えている。テレサに何ができるかわからないけれど、父親には家にいてもらったほうがいい。家でもやることがたくさんある。それに、若いというだけで、テレサのほうが仕事が見つかりそうだ。

母親は最近、ちょっとだけ調子がいい。かなり危険だった肺炎がどうにか治って、熱もないし、咳《せき》も止まった。まだ体力が戻ってないので、ベッドから出られないけれど、そうするとますます体が弱くなるので、もうちょっとしたら部屋の中を少しずつ歩き始めてもらうつもりだ。

体力がついて元気になったら、破産したこと、使用人が全員辞めたこと、ほかにも現状を話そうと思っている。さすがに、母親にずっと内緒にしておくわけにはいかない。

そのショックで、母親がまた倒れなければいいんだけど。心身ともに弱いから心配だ。

「だから、この家は売れない。ただし、おまえなら売れる。そうだな。おまえが俺の側室になるなら、おまえの親が一生不自由しないだけの金額を出すがどうする？」

え…？

「具体的にはこれだけだ」

ジェイコブは小切手帳を出して、さらさらと金額を書きつけた。それをテレサに見せる。

「ひっ…！」

そんな悲鳴がこぼれてしまうような金額だった。一生どころか、つぎの代ぐらいまで不自由しない。

「あと、噂によると、おまえの母親は病気がちなんだよな？　医者はだれだ？」

そんなこと答える義務はないと思うけど、なぜか、するり、と言葉がこぼれた。

「ドクター・ジェンキンズよ」

両親が結婚して以来、うちの主治医をやっている。

「なるほどな。あいつはやぶ医者だぞ。高い金取って、なるべく治さずに長引かせようとするっていう評判だ」

「嘘よっ！」

そんなはずがない。だって、母親はドクター・ジェンキンズを信頼している。

「ま、信じないなら信じなくていいけど。うちの腕のいい主治医にも診てもらったほうがいいんじゃないか？　治せるとは言わないけど、ちょっとでも健康になれるなら、別に拒否しなくてもいいだろう」

母親が元気になる。

それは、テレサの夢だ。

母親はもともと病弱だったのに、テレサを産んでから、ますます体が弱くなった。出産は危険です、と言われていたのに、わたしがいなくなってもいいから子供が欲しいの、と頑固に言い張ったらしい。

その結果、かなりの難産でどっちの命も危なかったけれど、そのときのお医者さんがすごく腕がいい人で、二人ともを助けてくれた。

…そういえば、あれはドクター・ジェンキンズじゃなかった。私は産科医ではないので、と辞退して、父親が国中でもっとも評判のいいお医者さんを探してくれたんだった。

母親がほぼ寝たきりなのは自分のせいだ、とテレサはどこかで思っている。母親はテレサをすごくかわいがってくれて、愛してくれているのは知っている。体が弱くなるのと引き換えにしてもテレサが欲しかったの、だから、全然、後悔してないわ、といつも笑ってくれている。

それでも、と思うのだ。

何かの奇跡が起こって、母親に元気になってほしい。

「あと、金の管理はこっちでやるから。おまえの父親にまかせてたら、また全部なくなるだろうしな。だから、なんの心配もしなくていい。おまえが俺のものになれば、破産からは逃れられ、使用人も戻ってきて、やぶ医者の代わりに凄腕《すごうで》の医者を派遣するし、金がなくなることはない。さあ、どうする、テレサ・グラハム」

そこで初めて、名前を呼ばれた。

全部知られてる。全部調べられてる。

それは、背中がぞわぞわするほどの気味の悪さと同時に、ジェイコブが本気なことを感じさせた。

「普通なら、しばらく考えろ、と言うんだろうな。重大な決断だしな」

ジェイコブはにやりと笑う。

「けど、俺はそんなに気長じゃない。いますぐ返事を聞かせろ。イエスかノー。どっちだ」

「断ったら？」

「二度とおまえは俺と会わない。それだけだ」

つまり、家は売れず、お金のないまま、さっきジェイコブが言ったように一家心中するまで追いつめられるかもしれない。

そんなのいやだ。

せめて、お母様だけは寿命まで生きてほしい。わたしを生んだせいで大変な目にあってるんだから、神様が、いらっしゃい、と手招きするまではこの世にいてほしい。でも、お金がなければ医者を呼べない。ドクター・ジェンキンズの料金は高い。お金がない人を診てくれたりはしない。

当たり前だ。商売なんだから。

「受けたら？」

「準備ができたら、すぐに迎えを寄こす。おまえが正式に側室になったときに初めて、さっき俺が言った三つの条件をすべて実行する」

「側室……」

それは正妻ではないということ。

公爵と男爵はたしかにかなり身分の差があるが、爵位があるんだから正妻として認められないわけじゃない。

なのに、側室。

上流階級に生まれたからには、好きな人と結婚できる、なんて夢は抱いていなかった。家と家の取り決めによって結婚相手が決まる。公爵家にお嫁に行くのは、むしろ名誉なことだ。

だけど。

「破産した家の娘を正妻に迎えるなんて、公爵家が許すとでも？」

テレサの考えを読んだかのように、ジェイコブが言う。

それを言われると、なんの反論もできない。そもそも、破産したあと、上流階級に返り咲いた人なんていない。消息も不明になって、みんな、名前も出さなくなる。

テレサたちだって、そのうち、そうなるのだ。

そのとき、自分たちはこの世にいるのだろうか。

ぞわぞわわ、と背筋が震えた。

怖い、怖い、怖い！

いつもの恐怖が襲ってくる。

将来が怖い。いま、時間を止めてほしい！

「俺の側室になって、親を助けるか。自分のプライドを貫いて野垂れ死ぬか。好きなほうを選べばいい。ただし、時間はそんなにないぞ。そうだな、あと十秒か。俺はせっかちなんでな」

「十秒もいらないわ」

恐怖が去った。テレサは冷静さを取り戻した。

こんなの迷うまでもない。

「あなたの側室になればいいんでしょ？　そうしたら、両親を助けてくれるのね？」

自分は助からなくていい。父親は…まあ自業自得なところもあるからおいといて、母親だけは絶対に助けたい。

命をかけて産んでくれた。そして、愛してくれた。

その人に恩返しができるなら、これしかない。

「そういうことだ」

「じゃあ、なるわ」

言葉にしたあとも、これでいい、と思った。

わたしにそれだけの価値があってよかった。かわいく生まれたことを、両親に感謝しよう。

「いいな。そういう思い切りのよさは、ますます俺の好みだ。じゃあ、詳しいことはうちの弁護士がおまえの父親に話すから。手続きがすんだら、おまえを迎えに来る。おまえがうちにやってきて、初夜がすんだら、さっきの条件がすべて実行される。いいか、初夜がすんだら、だぞ」

それはつまり、この男に抱かれたら。

「わかったわ」

テレサはじっとジェイコブを見た。

目はそらさない。ただ、見つめる。

「早くしてね。お母様、いま、ちょっと具合がいいから。その間に診てもらいたいの」

病気をしているときは、その病気を治すことで精一杯。いまなら、健康になれるかどうかも診断できるかもしれない。

「了解。じゃあ、よろしく。俺の側室ちゃん」

からかうような口調に、カッとなった。だけど、テレサは自分を鎮める。

こんなことなんでもない。

両親が救えるなら、わたしはどうなってもいい。

それを選んだ。

ジェイコブに無理やり選ばされたわけじゃない。

わたしが選んだ。

両親を大事にすることを選んだ。

だから、こんなの恥でもなんでもない。

わたしは自分を売った。

それの、何が悪いの？


「ほらよ」

ジェイコブが机から書類を取り出して、テレサに見せた。覆いかぶさっていたジェイコブの体がなくなると、解放されたようでほっとする。

これから、またつづきをやるのはわかっているけれど。

ジェイコブの申し出から二週間弱で、すべての手筈《てはず》が整った。父親は弁護士からの話を聞いたあと、テレサから目をそらして、すまない、とうなだれた。

それは、この取引を止めるつもりはない、ということ。

父親も選んだのだ。

娘を売ることを。

でも、それでいい。自分たちには母親という、何よりも守るべき人がいる。

だから、しょうがない。

いいのよ、お父様。どうせ、いつかはお嫁に行くんだから。公爵家に嫁ぐなんて出世じゃない？

側室だということは弁護士から聞いたのだろうか。どうせなら、知らないでいてほしい。のちのち耳に入るとしても、いまは正妻だと思っていてほしい。

母親には落ち着いたら話をしよう、ということになった。少しよくなっていたのに、いまはまた高熱が出て寝込んでいる。肺炎じゃないのは幸いだ。

ジェイコブは、これは特別に、と医者を派遣してくれた。ドクター・ジェンキンズじゃないことを不審がっていた母親も、新しい医者の出してくれた薬のおかげでかなり楽になったのか、安心してその医者にまかせるようになった。

お金が支払われるのは、テレサが抱かれたあと。

わかっているからたしかめたい。

自分が意味もなく抱かれるんじゃないことを。

これで両親を救えるということを。

きちんとこの目でたしかめたい。

テレサは何枚かの書類に目を通した。残念ながら、法律用語ばかりで何が書いてあるのかわからない。

父親はきちんと理解していたのだろうか。

それが心配になる。

「わからないだろ?」

ジェイコブがにやりと笑った。

「俺もよくわからない。だが、俺は約束したことは守る。おまえが俺に抱かれたら、あのとき小切手に書いた金額をおまえの親に渡す。それは信じてもらうしかない。いやなら、いまからでも逃げればいい」

ジェイコブはなんでもないことのように言う。

冗談じゃないわ。逃げるわけがない。だって、わたしは親を助けるんだもの。

「いいわ。早くしましょう」

テレサは書類を返した。

そう、もうこうなったら、信じるしかない。

好きでもない、この男を。

第二章

ジェイコブがテレサの顎をつかんだ。その手を振り払いたくなるのを、ぐっとこらえる。

「早くしなさいよ！」

テレサはジェイコブをにらむ。

「いや、楽しいな、と思ってさ」

ジェイコブがにっこりと笑った。

「何がよ！」

「テレサの初めてを全部、俺がもらうのか、っていうのと、それをテレサがいやがってるのと、だけど、俺に従うしかない、っていう、それ全部が楽しい」

さいってい！　やっぱり、この男、さいってい！

「ゆっくりじっくり楽しませてもらおう」

ぐいっ、と顎を持ちあげられた。テレサは、ぐっと唇を噛《か》む。

「口を少し開けて？」

ジェイコブの口調が少し穏やかになった。それすらも、なんだかぞわぞわする。

テレサはぎゅっと唇を噛もうとして、やめた。無駄な抵抗をして、ジェイコブを楽しませることはない。ここまで傲岸不遜なんだから、きっと、気が強い女を屈服させるのが好きなのだ。だったら、従順になってやる。

テレサは唇をほんのちょっとだけ開いた。

「ふーん」

ジェイコブが目を細める。

「なるほど、そうきたか」

どう、わたしが素直なら楽しくないでしょ。

「ま、抵抗されないと楽だからな。俺はどっちでもいい」

そう言うなり、ジェイコブが唇を重ねてきた。むにゅ、というやわらかい感触を、テレサは意外に感じる。

へえ、ジェイコブも唇はやわらかいのね。薄めだからか、本人が傲慢な性格だからか、固くてがさがさしているのだと思っていた。

ちゅっ、と吸われると、むずむず、とおかしな感覚が背中から這《は》い上《あが》ってくる。

これは不快感よね？　絶対にそう。だって、きらいな男にキスされてるんだもの。

ジェイコブの舌がテレサの唇の上下をなぞった。

ぞわぞわぞわ。

その感覚がもっと強くなる。

ちろり、と舌が入ってきて、テレサは、ドン！　とジェイコブを押し返しそうになった。

びっくりした！　他人の舌って、こんな感じなの？　どう表現していいのかわからないけど、すごく違和感がある。

両親の頬《ほお》にキスしたこともあるし、両親から頬にキスされたこともある。だけど、そのどれともちがっていた。もっと普通に、ちゅっ、ちゅっ、で終わるかと思っていたのに、ジェイコブの唇が吸いついたまま離れない。

ぬるり、とますます舌が中に押し込まれた。

え、わたし、どうすればいいの…？　全然わからないんだけど。

「んっ…」

小さな声がこぼれる。自分から出たものとは思えない甘さに、テレサの頬が赤く染まった。

ジェイコブは気にしたふうもなく、テレサの口腔《こうこう》内を舌でまさぐり始める。

「んっ…んっ…んっ…」

テレサの唇から、断続的に声が漏れだした。逃れたい、と思っても、いつの間にかジェイコブのもう片方の手がテレサの後頭部をしっかり押さえている。顎と後頭部を支えられていたら、逃げようがない。

ちろり。

ジェイコブの舌が、テレサの上顎をくすぐった。

「んんっ……！」

びくっ、と体が震える。

これは…何…？

ジェイコブの舌がまた上顎に触れた。びくびくっ、と体の震えがさっきよりひどくなる。そのまま何度か上顎をこすられて、テレサの意識がぼんやりしてきた。思わず、ぎゅっとジェイコブの腕をつかんでしまう。

そうしないと、倒れてしまいそうな気がして。

ジェイコブの舌が移動して、テレサの舌先をつつく。

「んっ…んんっ…」

上顎のときとはまったくちがう感覚が襲ってきた。くすぐったいのが、ちょっと強いような感じ。舌先を上下に動かされて、テレサの全身にしびれのようなものが走る。

「んっ…ふっ…ぅ…」

ジェイコブをつかむ力が自然と強くなった。自分でも、体の中がどうなっているのかよくわからない。

どうして、びりびりするんだろう…。

れろー、と舌を舐《な》めあげられて、ひっ、と悲鳴をあげそうになった。だけど、ちゃんとした声は出せなくて、んっ、とかよわいものになる。

上顎と舌。そこだけを執拗《しつよう》にいじられて、体がびくびく震える。頭の中も、ますますぼんやりしてきた。

ジェイコブの舌がテレサのに絡みつく。角度と深さを変えて、やわらかい粘膜が何度もこすれあう。

「ふっ…ん…」

テレサは何もしていない。ただ、ジェイコブの舌を受け入れているだけ。なのに、いろんな感覚を味わわされてしまう。

ちゅく、ちゅく、と濡《ぬ》れた音がテレサの耳に届いた。口の中で行われていることが、そのまま直接耳に入ってきたのか、それとも、唇の間から漏れる吐息のように外からやってきたのか。

それすらもわからない。

どれだけ時間がたったのか。ようやくジェイコブの舌が離れた。後頭部を押さえていた手も離してくれる。

ああ、よかった。これで顔が動かせる。ずっと固定されてたから、結構つらい。

そう思ったのもつかの間、がくん、と腰が落ちた。気づいたら、床に座り込んでしまっている。

え…わたし、どうしたの…？

「感度がいいな」

ジェイコブはにやりと笑った。

「キスだけで腰が砕けるほど感じるとは」

「ちがっ…！」

テレサはぐっと足に力を入れて、体を起こす。

うん、大丈夫。ふらってならない。さっきのは、たまたま。

「あなたが手を離したから、よろけただけよ！」

テレサは強気でそう言い放った。

「そうかな？」

ジェイコブが肩をすくめる。

「俺には、感じすぎて足に力が入ってないように見えたけど」

「本当に、あなたは自信過剰ね！」

わたしの言うこと聞いてるの⁉

「あなたって、いいな」

ジェイコブが目を細めた。

「もうすでに夫になった気がする。まあ、もうちょっとで夫になるんだけどな」

テレサはカッとなる。

そういうつもりで呼んでるんじゃない。ただ、名前を呼びたくないだけだ。

でも、たしかに、あなただと夫婦みたいに思える。母親も父親のことを、愛《いと》おしそうに、あなた、って呼んでいる。それを聞くのがすごく好きだ。

でも、わたしには愛情なんてないけどね！

「ジェイコブ」

腹が立つので、呼び方を変えてやるわ。

「それもまたいいな。親しさがこめられてる」

なんなのよ、この男！　どっちでも自分のいいように受け取って！

でも、そういうところは、正直うらやましい。ここまですべてをポジティブにとらえられたら、生きるのが楽しそうだ。

「さて、と」

ジェイコブがテレサを、ふわり、と抱えあげた。

「ちょっ…何…！」

「何って、つづきやるんだよ。ベッドで」

そのまま、ベッドに運ばれて、ふわん、とまた軽く下ろされる。どん、とか、どすん、とかされそうな感じなのに、意外だ。

「どうした。俺をじっと見て」

「乱暴にされるかと思っていたのに、わたしを丁寧にあつかうのね」

「あのな、これから側室になろうという相手に乱暴をするわけがないだろ。これからずっと俺のものになるんだから、やさしくするに決まってる」

やさしい…とは、またちょっとちがう気もするけれど。まあ、いい。乱暴にされるよりはよっぽどましだ。

ぎしっ、と音をさせて、ジェイコブがベッドにあがってきた。ジェイコブの姿を改めて見る。足元まで隠れる黒いガウンをきっちり羽織っていて、その下に何を着ているのかはわからない。もしかしたら、何も着ていないのかもしれない。

テレサはというと、木綿のシンプルなネグリジェだ。生地は厚いし、型はすごくやぼったい。肌触りはいいけど、かわいさも色気もまったくない。

これは、ジェイコブに対するいやがらせだ。たくさん準備された寝巻の中から、一番普通なのを選んだ。

ピンクのひらひらしたネグリジェ、レースで編まれたナイトガウンなど、素敵なものはいろいろあった。あ、これ、いいな、と思った瞬間、それらをよける。かわいい格好なんて、絶対にしたくなかった。肌が透けそうな薄い生地のベビードールを見つけたときは、ふざけないでよ！　こんなの着るわけないでしょ！　とむっとしたし、抗議の意味でゴミ箱に突っ込んでやろうかとも思った。そうしなかったのは、もったいないからだ。

お金がなくなって、母親の医者代が足りないんじゃないか、とびくびくしていたときに痛感した。

絵画などの高価な美術品よりも、アクセサリーや着てない高級ドレスといったもののほうが売りやすい。

絵画は売るのに、すごく時間がかかる。まず鑑定をして本物かどうか見極めてもらわなければならないし、その絵を欲しい人がいるかどうかもわからない。安い買い物ではない分、みんな、慎重になる。

だけど、宝石がついたアクセサリーは質屋に持っていけばそこそこの値段ですぐに買ってもらえた。明日、母親の医者代を払わなければならない、というときに、何度も助かった。テレサが持っていたアクセサリーや袖を通していないドレスは半分以上なくなってしまったけれど、それで母親が助かるんだから惜しくない。

十枚以上準備された寝巻を一枚ずつ見ながら考えたのは、これ、いくらで売れるんだろう、だった。絶対に着るつもりはないベビードールだって結構な値段で売れそうだ。上流階級まではいかないけどそこそこ裕福な人たちに、質屋の高級品はすごく人気があるようで、テレサが持っていくたびに、ものすごく喜ばれた。彼女たちは、質屋で買うのが恥ずかしい、という感覚がないらしい。正規の値段よりも安く買えてお得、ということなのだろう。

このままジェイコブの側室になればお金の悩みはなくなるというのに、いったん染みついたお金がないことへの恐怖はそう簡単には消えてくれない。

「どうした？　ぼーっとして」

「…なんでもないわ」

この男に抱かれればいい。それで、すべてが解決する。

そのうち、ベビードールも簡単に捨てられるようになるにちがいない。

「いやになったのか？」

「いやなのは最初からよ」

ジェイコブの側室になることを、わたしが選んだ。だからといって、いやじゃないなんてひとことも言っていない。

いやだけど、選んだ。

それだけ。

「いいな」

ジェイコブが目を細めた。

「いやがってる女を無理やり従わせるのは、なかなかにおもしろい」

本当に最低。

「脱がせるぞ」

ジェイコブがテレサのネグリジェの裾をまくりあげる。待って！　と発しようとして、ぐっと唇を噛んだ。

ジェイコブを楽しませるなんて冗談じゃないわ。

ジェイコブがテレサの顔をじっと見ながら、ネグリジェをゆっくりと脱がせていく。テレサが恥ずかしがったり、止めたりするのを待っているのだろう。

絶対にしない。耐えてみせる。

「本当に気が強いな」

ジェイコブは感心したようにつぶやいた。

「じゃあ、ここは思い切って脱がせてやろう」

ジェイコブが一気にネグリジェを首元までめくる。

「ほう」

ジェイコブがテレサの体に視線を落とした。

「まだ着こんでるのか」

当たり前でしょう。

テレサは言葉に出さないまま、心の中で勝ち誇る。

だれが、ネグリジェだけでいるものですか。そんなにバカじゃないわ。

そう、テレサはネグリジェの下にもう一枚、これまた厚手のシュミーズをつけていた。当然、下着もつけている。脱がせるのが少しでも手間になるように、といういやがらせだ。

「ま、これも脱がせればいいだけだから、別にかまわないけど。おまえはなかなかおもしろいな」

ジェイコブがくすりと笑った。それがなんだか子供っぽくて、ちょっとかわいいな、と思ってしまう。

いやなやつだってわかってるのに。顔がいいって、本当に得よね。

「まずはこれを脱いでもらおう」

ジェイコブはネグリジェを引っ張って、すぽん、と首元から抜いた。これで一枚、肌を覆っていたものがなくなる。それは、やっぱり少し心細い。

「しかし、わざわざ色気のないものを選ぶのも処女らしくてそそられる」

「え…」

テレサは眉をひそめた。

どういう意味？　だって、色気がないほうが何もする気にならないでしょ？

「派手な下着を着て誘惑する女たちには飽きてたからな。そのぐらいの厚着で完全防御されてたほうが、脱がせる楽しみもある。自分の手でどんどん裸にしていくのもいいものだ」

つまり、何も知らない処女相手に意地悪ができて嬉《うれ》しい、と。

さいってい！

何度、そう思ったことだろう。

そして、誘惑する女たち、という言葉にも、なんだかいらっとする。ジェイコブのように、地位も権力もお金もある独身男がパーティーで出会った女性と遊ぶのなんて、上流階級では当たり前すぎてめずらしい話でもなんでもない。だけど、側室とはいえ、一応、妻という立場にはなるテレサに、それも初夜で言うことじゃない。

　本当にひどい男ね！

「あ、むっとしてるな」

　ジェイコブがにやっと笑った。

「何が！」

「俺がほかの女と遊んでたのが気に入らないんだろ？」

「ちがうわよ！」

　テレサはきつくジェイコブをにらむ。

「あなたが遊んでようと、そんなことはどうでもいいの。お金持ちの独身男なんてみんな、そんなものだしね。それをわざわざ言うデリカシーのなさに腹が立つのよ。隠しておけばすむことじゃない？」

　そうよ。夫婦になるとはいえ、全部を知る必要なんてない。いやなことは隠しておいてほしい。

　そうやって、みんな、うまくやっていくのだ。

　…父親のように、お金関係のことを隠されても困るけどね。あ、あれは隠してたんじゃなくて、本人もわかってなかっただけか。

なお悪い。

「へえ」

ジェイコブが少し驚いたようにテレサを見た。

「何よ！」

「いや、すっごい割り切った考え方するんだな、と思って」

「すっごい割り切ってるから、あなたの側室になったんでしょ！　そうじゃなければ、きらいな男に嫁入りしないわよ！」

そうだ。割り切らなければ、自分の身なんて売れない。

両親のため、特に、病気がちの母親のため、という名目はあっても、それでも、体を売るのは屈辱《くつじょく》だ。

あなたに一目惚《ひとめぼ》れしました。あなたの家族を救ってあげたいから、側室という立場ですけど、うちにお嫁にきてください。

そう言われてたら、素直にうなずけた。

好きじゃない相手だとしても、そこまで家族のことを考えてくれて、わたしを好きになってくれたのならいいか、と思えた。

ジェイコブは、ただ、落ちぶれたわたしを、おもしろがって側室にしただけだ。そこが本当に傷つく。

そして、そんな男の側室になるしか、両親と自分を救う方法がないことも。

そう、親だけじゃなくて、自分だって救いたい。

親のため、というのは、もちろん本音だ。だけど、昔の華やかだったころの暮らしに戻りたい、お金の心配なんてしたくない、という気持ちもあるのだ。

認めたくない、自分の醜い部分。

毎日、お金があとどのくらいあるんだろう、と悩むことも、なるべく安い食材を選ぶことも、いろんな人に借金のお願いの手紙を書くことも、母親が元気になってくれたらいいのに、という中に、少しだけ、医者代がかからないから、という気持ちがあることも。

全部全部、いやだ。特に、母親のことを重荷に思いたくない。

お金があれば、わたしたち家族全員が助かる。

わたしも、助かる。

だから、わたしは側室になることを選んだ。

ごまかすのはやめよう。

わたしもまた、お金持ちに戻りたかった。きれいなドレスを着て、お金のことを考えずに生活したかった。

それのどこが悪いの？

「潔《いさぎよ》くて、気が強い。おまえは本当に俺の好みだ」

好み、と、好き、はちがう。ジェイコブは、わたしという新しいおもちゃを手に入れて楽しんでいる。

むかっとするけど、しょうがない。

わたしは買われたのだから。

「自分で脱いでみろ」

最初、何を言われているか、よくわからなかった。

「そこまで覚悟を決めてるんだ。これまで、俺を誘惑した女たちとおなじように、自分からすべてを脱いでみろ」

「冗談っ…！」

どうして、そんなことをしなきゃいけないのよ！

「おまえが屈辱に震えながら、裸になっていくところが見たい」

本当に本当に本当にさいってい！

でも、負けたくない、という気持ちが勝った。この男に、できません、なんて言いたくない。

テレサはがばっと起き上がると、シュミーズを一気に脱いだ。おっぱいがこぼれて、ぷるん、と揺れる。

その様子を見た瞬間、テレサの目から、ぽつり、と涙がこぼれた。

わたし…何してるの…？　大事にもしてくれない人の側室になって、初夜なのに、こんなひどい目にあわされて。

でも、これしかないの…。わたしには…これしか…。

「あー、悪かった！」

ぎゅう、と強く抱きしめられて、テレサは、きょとん、とする。

「俺がやりすぎた！　ごめん。泣くな」

「嘘泣《うそな》き…よ…」

声が震えているのが自分でもわかった。でも、本気で泣いたなんて思われたくないから強がってみせる。

「そうだな。嘘泣きだよな。びっくりしたぞ」

そう言いながら、ジェイコブは、ぽん、ぽん、と背中を撫《な》でてくれた。驚いたことに、さっきまでの悲しい気持ちが、すーっ、と消えていく。ジェイコブに慰められるなんて、なんだか悔しいけど。他人の温かい手は、傷ついた心をやんわりと包んでくれるのかもしれない。

傷つけたのも、ジェイコブだけどね。

「いくら気が強いとはいっても、そこまで気が強いわけないもんな。よしよし」

背中から手が上がって、髪を撫でられた。そっちのほうが、もっと安心できる。

「俺が全部やるから、テレサは寝てるだけでいい」

片手で抱きしめられたまま、ベッドに横たわらせられた。ジェイコブが離れると、下着に覆われたところ以外のすべてが露《あら》わになる。

「きゃっ……！」

テレサは慌てて胸を隠そうとした。その手を、ぎゅっとつかまれる。

「見せて」

さっきまでとはちがう、甘い声だった。

「テレサが急に脱いだから、まったく堪能できなかった。じっくり見せて？」

「…やだ」

テレサもなんだか甘えた気分になる。相手がやさしく話してくれると、そんなに悪い気はしない。

言葉って大事だ。

「いやじゃないよね？」

いやなのはいやだ。だって、そんなところ他人に見られるのは初めてなんだし。でも、抵抗しようという気持ちにはならない。

わたし、どうしたんだろう。

「きれいなおっぱいだね」

ジェイコブがじっとテレサの胸を見て言った。

「やっ…」

恥ずかしくて、やっぱり隠したくなる。

「寝てても、つん、と上を向いてるし、形もいい」

「もっ…」

テレサはぶんぶんと首を振った。そんなに見ないでほしいし、感想も言われたくない。顔が熱くなってきたのがわかる。

「触るよ」

だめ、と断る前に、もにゅり、と右のおっぱいをつかまれた。やさしくもなく強くもない、微妙な感じ。

「んっ…」

テレサの唇から吐息のようなものがこぼれる。

「若いから張りがあっていいね。いっぱい揉《も》みたくなる」

「揉まないでっ……！」

テレサはぎゅっとジェイコブの手を押さえた。

「揉むよ？　だって、テレサ、俺のものだろ」

急に乱暴な口調になったジェイコブに、なぜか、きゅん、とする。

俺のもの。

そうじゃない。わたしはわたしのものだ。わたしが決めた。この男のものになるって。でも、ジェイコブに見つめられて、そんなふうに言われると、胸がざわめくのだ。

これは普通の反応なの？

「こうやって」

むにゅ、むにゅ、とおっぱいを揉みしだかれる。

「やっ……あっ……」

気持ちいいわけでもないし、気持ち悪いわけでもない。ただ、揉まれてる、という感覚があるだけ。

なのに、声がこぼれる。勝手に体が反応する。

ジェイコブの手が左のおっぱいにも伸びた。両方を、ぐにゅり、と包み込まれる。

「はぅ……っ……ん……」

「手触りがいい。肌がきめ細やかなんだな」

いちいち感想を言わなくてもいいのに。やっぱり、そういうことを言われるのは恥ずかしい。

いくらほめてくれているんだとしても。

そのまま両手でおっぱいを、ふにゅふにゅと揉みこまれた。おっぱいが、ふるん、ふるん、と揺れている。

「おっぱい揉まれても、あんまり気持ちがよくないみたいだな。じゃあ、ここは？」

ちょん。

そうやってつつかれただけ。

なのに。

「はぁぁん…っ…！」

テレサの体が、びくびくっ、と跳ねた。

「あ、やっぱり乳首は感じるのか」

ジェイコブがにやりと笑う。

「ちがっ…！」

テレサが否定しようとすると、今度は、きゅう、と乳首をつままれた。

「やぁぁあっ…」

そこから、びりびりっ、と電気のようなものが全身に走る。

「ちがう？　どこが？」

ジェイコブが指の腹でゆっくりと乳頭をこすり出した。テレサは大きくのけぞってしまう。

今度は、じんじんとした感覚が体全体にじんわりと広がった。

「んっ…んっ…」

テレサは声を出すまいと必死で唇を噛む。

「乳首、硬くなってきたよ。気持ちいいんだろ？」

テレサは、ぶんぶんぶん、と首を横に振った。

気持ちいいなんて認めたくない。だって、乳首を触られてるだけなのよ？

「ふーん。おもしろい」

ジェイコブは目を細める。

「俺が触ってるとこは、全然ちがうこと伝えてるんだけどな。まあ、いい。しばらく乳首いじってみよう」

「だめっ…！」

テレサは目を見張った。そんなことされたら、どうなるのかわからない。

「なんでだ？　気持ちよくないなら、おっぱい揉まれてたときみたいに平然としてればいいだろ」

テレサはぐっと言葉につまる。そう言われてしまうと、反論できない。

「というわけで、俺は好きなようにやる」

ジェイコブが、ちょん、と乳首をつついた。びくん、とテレサの体が跳ねる。

「やぁっ…」

噛《か》み殺《ころ》せなかった声がこぼれた。ジェイコブがにやりと笑う。

「さて、楽しむか」

ジェイコブはテレサの乳首をつまんで、そのまま上に引っ張った。

「なっ…！」

テレサはびっくりしすぎて、まじまじとされてることを見てしまう。

痛い、と思う寸前で、ジェイコブは手を離した。おっぱいが、ぷるん、ぷるん、と揺れて、やがて元に戻る。またつまんで、離して。つまんで、離して。

「…っ…っ…あぁぁぁっ…！」

声が我慢できなくなった。じんじんじん、とさっきまでよりも強いしびれが体を駆け巡る。

「どうした？」

「な…でもっ…なっ…」

感じてるわけじゃない。たぶん、くすぐったいのだ。

そうよ！　これ、くすぐったいの！　気持ちいいのとはまたちがうの！　だから、我慢できるわ！

「そうか」

ジェイコブは乳首の根元に指の先を当てた。何をするんだろう。ジェイコブのすることから目をそらせない。

ジェイコブが指をぐるりと回す。

「ひっ…ん…」

テレサはぎゅっとシーツを指で握った。さっきまでの強めの刺激とはちがい、ゆっくり乳首を責められている。

つん、と尖《とが》った乳首の根元にだけ指が触れるように、ジェイコブはうまくコントロールしていた。

「んっ…あっ…」

じれったい。

そう思う。

もっと、別のところにも触れてほしい。じんわりとした何かがそこから体の奥に流れ込んでくるけれど、それじゃ足りない。

ジェイコブは指を立てた。そうすることで、乳首の側面に指が当たる。そのまま、くるり、くるり、と指で乳首の周りをなぞり始めた。

「あぁん…あっ…あぁっ…！」

さっきまでとは全然ちがう感覚。乳首を直接刺激されて、テレサの体が、びくびくっ、と何度も震える。

「乳首が、すっごくつんつんしてるぞ」

つんつん、という言葉がなんだかいやらしく聞こえて、テレサの頬が熱くなった。

「そんなこと…ないっ…」

甘い声がこぼれないように、どうにか答える。

「そうか？」

くるり、くるり。

乳輪にも指先が触れているせいで、そこが、ぷくん、と膨らんできたような気がする。

「んんっ…そうよっ…」

テレサは、ぎゅーっとシーツごと手を丸めた。じんじん、と乳首の根元あたりから電気に似たものが走る。

ちがう、ちがう、とずっと否定してきたけれど、これはまぎれもなく快感だ。乳首をいじられて、悔しいことにわたしは感じてしまっている。

「俺の指がおかしいのかな？」

ジェイコブがぱっと手を離した。テレサは、ふう、と息をつく。

よかった。これ以上、乳首に触れられてたらどうなるかわからない。

「舌でたしかめてみよう」

……え？

テレサが呆然《ぼうぜん》としている間にジェイコブの顔が乳首に近づいてきた。

「だめっ……！　そんなこと…しちゃ…だめぇ……！」

「するよ」

ちゅっ、と音がして、温かいものが乳首に触れる。

「いやぁぁん…っ……！」

ちゅく、ちゅく、と音をさせながら乳首を吸われて、ぞわぞわとしたものがテレサの背中を這《は》い上《あ》がった。

「んー、舌で触っても、つんつんしてるんだけどな」

ジェイコブが舌で乳頭をつつく。

「はぅ……んっ……」

テレサの腰が浮いて、また沈んだ。

「もしかして、こっちじゃない乳首か？」

ジェイコブが反対側の乳首に吸いつく。

「やぁっ……あっ……んっ……」

止める間もなく、れろれろ、と乳首を舌で転がされた。やわらかい舌の感触に、ぞわぞわがひどくなる。

「こっちもつんつんしてる」

舌を動かしながらしゃべられて、乳首にまたちがった刺激を与えられた。

「ひっ……ん……もっ……だめぇ……！」

「どうした？」

ジェイコブが乳首に吸いついたまま、テレサを見上げる。テレサは首を横に振るしかない。

どうもしない。

そう伝える。

「なんでもないんだな？」

それには、こくこく、とうなずいた。

「じゃあ、もっといじってみよう」

ジェイコブがテレサのおっぱいを、むぎゅっ、とつかんだ。左右から中央に寄せるようにして、乳首を近づけていく。

「なっ……！」

何のために、そんなことをしてるんだろう。

その疑問はすぐに解決した。

ジェイコブが舌を出して、左右の乳首を交互に舐め始めたのだ。くっつきそうなぐらいの位置にふたつの乳首があるので、少し舌を動かすだけで両方をなぶられてしまう。どっちを愛撫《あいぶ》されているのか、それすらもよくわかっていない。

「あっ…あぁっ…あぁん…はぅ…っ…！」

テレサの腰が何度も上下に跳ねた。

「気持ちいい…のっ…！」

もうこれ以上は我慢できなくて、ぽろり、と素直な言葉が口からこぼれた。

「つんつんもしてるからっ…もっ…舐めないでぇ…」

恥ずかしい。だけど、このまま乳首ばかりいじられているとおかしくなりそうだ。

「ようやく言ったな」

ジェイコブがにやりと笑って、乳首から舌を離す。

「こんなにピンと尖らせて、気持ちよくないわけないもんな」

ジェイコブが指で乳首をつまみながら、そう言った。

「はぁん…っ…」

甘い声がとまらない。

「乳首、気持ちいいんだ？」

ここで、ううん、って言ったらどうなるだろう。その答えなんてわかりきっているから、テレサは屈辱に思いながらもうなずいた。

「そうか。今後が楽しみだ。じゃあ、乳首はいったんおいといて」

いったん？　すごく不穏なんだけど。でも、いまはもうこれ以上されないなら、それでいい気がしてくる。

「最後に隠れた部分を見せてもらおう」

ジェイコブの体が下がっていった。

最後に隠れた部分…？

「あっ…！」

ジェイコブの手が下着にかかっている。あれを脱がされたら、全部見られてしまう。

もちろん、そうしなきゃいけないんだけど。でも、やっぱり、恥ずかしくてたまらない。

「やだっ…待って…！」

待ってくれるわけがないと知りつつ、むなしい抵抗をする。

「待たない」

ほらね。

「さ、テレサの大事な部分を見せてもらおうか」

ジェイコブがゆっくり下着を下ろした。ぎゅっと足を閉じようとしても、隙間があるから簡単に脱がされてしまう。

「あ、とろーってなってる」

ジェイコブが目を細めた。

とろーって何…？

「乳首、すごい気持ちよかったんだな。もう濡れ濡れだ」

テレサの顔が真っ赤になる。一応、最低限の性の知識はある。女性が感じると濡れることも知っていた。

つまり、わたしのあそこが濡れていて、それが下着についたから、脱がされたときに、とろーっと何かが滴ったってこと？　それを見られたの？

恥ずかしすぎて、いますぐどこかへ逃げたい！

「お、下の毛は金色なのか。髪も目も茶色いのに、ここだけ金とか、なんかいやらしくていいな。金色だと下が透けてるように見えるし。かわいいピンクの部分が丸見えだよ」

え、足を閉じてるのに？　と思ったら、いつの間にか、ジェイコブがテレサの足の間に体を割り入れていた。当然、足も左右に開いている。この体勢なら、全部見えてしまっているだろう。

「やっ……！」

また足を閉じようとしても、ジェイコブの体を挟むだけだ。

「濡れて光ってる。やらしいな」

「見ないでぇ……！」

ジェイコブがじっくりそこを見ているのが耐えられない。

「見ないでほしいんだ？」

こくこくこくこく。

これまでで一番ぐらいの激しさでうなずいた。

「つまり、触ってほしい、と」

一瞬、何を言われているかわからなかった。え？　と思ったときには、もう遅い。ジェイコブの指が、テレサの女性器を撫《な》で上《あ》げていた。

「いやぁぁぁぁっ……！」

自分でしたことなんてないから、やらしい意図を持ってそこに触れられるのは初めてだ。もっと違和感とかあるかと思っていたのに、やっぱり訪れたのは快感。

わたし、どうしちゃったの……？

「こっちもピンクで本当にきれいだよ」

ほめられても嬉しくなんかない。

「まだ蕾《つぼみ》のクリトリスを触ってあげよう」

クリトリス？　そんなのあるの？

「あ、知らないのか。すっごい気持ちいいところ。ここだよ」

ジェイコブの指が女性器の上の部分に触れた。ただ、それだけだったのに、びりびりっ、とこれまでにない強い電気が体中に走る。

「はぁぁぁん……っ……！」

テレサの体がのけぞって、足もピンと伸びた。

「ここは、だれでも気持ちいいんだよね」

指の腹でそっと撫でられて、また電気が走った。この電気は、まぎれもなく快感だ。

「んっ…やぁっ…あっ…はぅ…っ…」

声が止められない。

「感じてるな」

「感じてなんか…っ…ないわっ…！」

たとえ見破られたとしても、ここは意地を張りたい。だって、何もかもジェイコブの思うとおりなんて悔しいじゃない！

「そうか」

ジェイコブがクリトリスをやわらかくつまんだ。それだけで、すごい快感が体中を駆け巡る。

「あぁんっ…！」

またテレサの足が伸びた。どうやら、気持ちよくなると自然と足が反応してしまうらしい。

自分の体なのに、知らないことばかりだ。

「やっ…そこ…触らないでぇ…」

「なんで？　感じてないんならかまわないだろ」

…それには反論できない。

「ここも乳首みたいに硬くなるんだよ。もうすでに、ちょっと硬いけど」

つまんだまま、指の腹でクリトリスを上下になぞられる。

びりびりびりっ！

まるで雷が落ちたかのような衝撃が走った。どうして、快感は電気みたいなんだろう。もっとゆるやかで穏やかで、ちょっと気持ちいいぐらいでいいのに。有無を言わせず、強い力で襲ってくる。

「やぁっ…だめぇ…もっ…いやぁ…」

「どうしたんだ？」

ジェイコブが涼しい顔で聞いてきた。その頬を思い切りはたいてやったらすっきりするかしら、と思う。

…さすがにそんなことできないけど。

「感じてないんだろ？」

そう言われている間も、すりすり、と指がクリトリスを刺激する。そのたびに、体が、びくん、と跳ねて、びりびりとしたものが走った。

「感じてるっ…！」

テレサは降参するしかない。そもそも経験値がちがいすぎる。どうして、対抗できると思ったんだろう。

全部、まかせればいい。わたしは何も考えないお人形さんになっていたらいいんだわ。

だって、そのほうが悔しくないし、苦しくもない。

意地っ張りで負けずぎらいなところを、ここはいったん封印しよう。

「感じてるのか？」

「感じてるわっ…だからっ…もっ…許してっ…」

ああ、だめだ。やっぱり、悔しい、と思う。

こんなふうに振り回されて悔しい。

側室になるのは、わたしの意思だった。わたしの意思で、家族を救った。

でも、性行為においては、わたしにできることがない。ただ耐えるしかないなんて。

「ようやく素直になったか」

こうやって勝ち誇られるのもいや。だからといって対抗する術がない。だって、何をされるかわからないんだもの。

「ここから滴るぐらい濡れてるのに、感じてないとか嘘つくから、おまえは本当に意地っ張りでおもしろい」

ここ、と同時に蜜口を撫でられる。

「んんっ…」

そこは撫でられたぐらいだと、そんなに気持ちよくない。それが救いだ。

もしかしたら、膣《ちつ》はあまり感じないのかしら？　だったら、ジェイコブの思いどおりにならなくてすむんだけど。

「あ、ここはあんまり感じないのか」

なんでわかるの！

「すっごい驚いた顔してる。テレサ、自分で気づいてないみたいだけど、全部表情に出るんだよな。だから、本当は何が言いたいのか、とか、いま何を考えてるのか、とか、ほぼわかってるから隠してもムダだよ」

「嘘よっ……！」

テレサは思わず叫んだ。そんなわけがない。表情豊かだね、とか言われたことないもの！

いつも、つんと澄ましてる、って評されてたのに！

これもジェイコブの手だ。引っかかっちゃだめ。

「じゃあ、実験してみようか」

ジェイコブがテレサのクリトリスをゆっくりとこすった。

「んんっ…あっ…あぁん…」

「すっごい気持ちいいけど、これ以上されるのはいや、って思ってる」

それ、さっき、わたしが言ったままじゃない！　ほらね。はったりだわ。

ジェイコブの指の動きが速くなってきた。

「んっ…んんんっ…んっ…」

唇を噛んで、声が漏れないようにがんばる。もしかしたら口調とか声の感じとかで何かを読みとってるかもしれないから。

「え、どうして速くしたの？　そうされても、あんまり気持ちよくないわ。ゆっくりのほうが好き、だな」

テレサは目を見開いた。たしかに、そんなことを考えていた。速くされると、快感も強くはなるけれど、ちりっとした痛みのようなものもある。

「だれにも触られたことがない敏感な部分だからな。速いのはだめか」

「なんで…っ…！」

「だから、表情に出てるんだって。だから、入り口を触ったとき」

指がすーっと降りて、また蜜口に触れた。

「なんだ、クリトリスより気持ちよくないんだ、じゃあ抵抗できそうね、って思ったこともわかってる」

テレサは目をぱちくりさせる。さすがにここまで当たっていると、適当に勘で言ってるとも思いにくい。

そんなに表情に出てるのかしら。

テレサはぺたぺたと自分の顔を触ってみた。ジェイコブが、ぷっ、と吹き出す。

「かわいいな」

「何が…？」

「そうやって触ってたしかめようとするところ。そんな無邪気なところを見てると、テレサはまだ若いんだな、と実感する。意地っ張りで生意気だから、よく忘れるけど」

ジェイコブがにやりと笑った。

「意地悪するのはやめて、やさしく抱いてやるよ。初めてなんだから、いい思い出のほうがいいだろ」

いい思い出になんかなるわけがない。でも、たしかに、このまま意地悪されつづけるのもいやだ。

だったら、ここはうなずいておこう。

「そうしてちょうだい」

抱かれたら、側室になれる。側室になったら、両親が助かる。

それでいい。

わたしの役目は、ただそれだけ。

「なるべく痛くないようにするよ」

ジェイコブが蜜口を指で押さえた。

「んっ……」

やっぱり、そんなに気持ちよくない。乳首やクリトリスと全然ちがう。

「これだけ濡れてれば十分だとは思うけど、痛くないだけじゃなくて感じてほしいからな。がんばるか」

むにっ、と蜜口を左右に開かれて、ひっ、と息をのんだ。そのまま、ジェイコブの指が入ってくる。

「んぁ……っ……」

濡れているせいか、指は簡単に侵入してきた。だけど、すごい違和感がある。

「変な感じ？」

ジェイコブがテレサに尋ねた。テレサは、こくり、とうなずく。

「そっか。ちょっと待ってな」

ジェイコブが指をもっと奥に入れてきた。ぐーっ、と進んでくる様子がわかって、ますます違和感を覚える。テレサはぎゅっとシーツを握った。さっきまでのように、快感を耐えるためじゃない。指が自然と内側に丸まってしまう。

ぐるり、とジェイコブが指を回した。

「あぁっ…」

声も全然ちがう。甘くなんてない。ただ、こぼれてくるだけ。

「ごめん、もうちょっとかかる」

ジェイコブの声は焦ったふうでもなく、むしろ、のんびりとしていた。それが、なぜかテレサに安心感を与えてくれる。

きっと、こういうときにどうするべきなのか熟知しているのだろう。

ジェイコブが何人と経験していようと、そんなことはどうだっていい。わたしは側室なのだ。側室ということは、いつか正妻がやってくる。二番目なのは最初からわかっていることだ。それに、側室が一人ともかぎらない。順番はもっと下になるのかもしれない。

テレサが側室になる前の女性関係なんて気にしていられない。

「いろんなとこ触ってくよ」

ジェイコブの指がテレサの膣壁を丁寧になぞった。指が動くたびに違和感が強くなる。指だけでこれなら、性行為なんてできるのかしら。

さすがに何をどうするかは知っている。指よりも太いものを入れられるのだ。

ぐっと指で膣壁を押さえられると、びくん、と体が跳ねた。これは、ただの条件反射。だって、気持ちよくないもの。

ぐっ、ぐっ、ぐっ、と指が移動していく。

この人、何をしてるのかしら？

そんなことまで考える余裕が出てきた。さっきまで、ジェイコブに翻弄《ほんろう》されていたのに。

ぜーんぜん気持ちよくないのよ。わたしの表情が読めるのよね？　だったら、よかった。わたし、いま、すごく意地悪な顔してると思うの。じっくり見ていいわよ。

ぐっ。

「んっ……！」

あれ、いま、ちょっとおかしな声が出たわ。

「この辺か。探すのに時間かかったな」

ぐっ、と少し横にずらされて、テレサの体が大きく跳ねる。これは条件反射じゃない。

「あぁっ…ん…」

ほら、声も甘くなってる。

「そろそろかな」

ぐっ。

「いやぁぁぁぁぁっ……！」

テレサの足がピンと伸びた。びりびりっ、と電気が走り、あえぎがこぼれる。

どうして…？　さっきまで気持ちよくなかったのに！

「ここだったか」

ぐりぐりっ、とそこを強く指でこすられた。

「はぁん…あっ…ふっ…ん…」

足が伸びては落ちる。体が上下に跳ねる。

これはまぎれもなく快感だ。

ジェイコブの指が追加された。入れられるときには、やっぱり違和感がある。

「いいね。感じてるほうがかわいい。もう一本、指を入れるよ」

「んんんっ…」

二本の指が重ねられて、交互に感じる部分をこすられ始めた。

「大丈夫。すぐに気持ちよくしてあげるから」

「ひゃぅ…っ…あっ…あぁん…」

さっきよりも強い快感。どうして、そこだけがそんなに感じるのか、テレサにはわからない。

足が何度も、ピン、と伸びる。

「膣がひくひくしてきた。別の場所触ったらどうなるかな？」

一本で感じる部分をやさしく撫でられながら、もう一本の指が膣壁をぐるりとなぞった。

「やぁぁっ…あっ…あふっ…ん…」

体がのけぞる。あえぎがこぼれる。

さっきまで変な感じしかしなかったのに、いまは感じてしまう。

「よかった。こっちも気持ちいいんだね。じゃあ、ちょっと動かしてみるよ」

ジェイコブの手が感じる部分を離れて、二本の指を抜き差しする。ぐちゅ、ぐちゅ、と濡れた音が寝室内に響いた。

「あっ…あっ…あっ…」

快感と違和感が入り混じった、おかしな感覚。

「んー、これはまだかな？　ということは、あそこを押さえながら動かすほうがいいか。うん、了解」

ジェイコブは独り言のようにそうつぶやいて、指を抜いた。膣の中に何もなくなって、テレサはほっとする。

これで終わりじゃないことはわかっていても。

「じゃあ、俺のを入れるね」

ジェイコブが黒いガウンを脱いだ。きれいに筋肉のついた体があらわになる。やっぱり、ガウンの下には何も着ていなかったのね、と、なぜかどうでもいいことを考える。

いまの問題はそこじゃないのに。

視線を下にずらすと、ジェイコブのペニスが上を向いていた。初めて見る男性のものに、テレサは思わず息をのむ。

あれが…入るの…？　無理！　絶対に無理！

「入るよ」

…ジェイコブがテレサの考えを読めることは、そろそろ認めるべきなのかもしれない。そんなにわかりやすく表情に出てるなんて悔しいけども。

「これが」

ジェイコブが自分のペニスを握った。びくっ、と少し震える様子は、まるでそれ自身が生きているみたいだ。

「テレサの中に入るよ」

「無理っ…！」

言葉に出してしまって、テレサははっと口を手で覆った。だって、負けた気がして悔しいんだもの。

でも、無理。どう考えても無理！

「無理に見えても大丈夫だから。安心して、俺にまかせて」

安心なんてできないけど、まかせるしかない。

「力を抜くんだよ」

そういえば、またジェイコブの口調がやさしくなっていた。こういうときのジェイコブはきらいじゃない。

「入り口に当てるからね」

ジェイコブが膝をついて、ペニスをそっとテレサの蜜口に押し当てた。

熱い。

そう思う。

まるで、すごい高温のものが触れているかのようだ。

「入れてくよ？」

ぐっ、と先端を押し込まれた。

「………っ…！」

言葉にならない痛みが、頭のてっぺんまで駆け抜ける。

「あー、痛いか。ごめんね。もうちょっとがんばって」

無理、無理、無理、無理！

もう、無理しか言葉が思い浮かばない。

「ほら、少しずつ入ってくから」

ペニスが奥に進んでいくのが感じられるけど、これがいつまでつづくのかはわからない。

早く終わって！

心からそう願う。

「この辺だから…ん？　まだかな？」

ペニスの先端が膣壁をこすっている。それ自体は痛くはないけれど、ペニスが入っているせいで、いっぱいに開かれている感じがいやだ。

ぐりっ。

ジェイコブのペニスがある一点をかすめた。

「やぁぁぁっ…！」

テレサの足が、ピン、と伸びる。

…信じられない。

テレサは目をみはった。

だって、まだ痛いのに。なんで、感じてるときの反応なの？

「ここだった」

今度は強く、ぐりっ、とこすられる。

「あぁぁっ…あぁん…はぅ…っ…」

あ、ここはさっきの気持ちいい場所だ。

それに気づいた。だから、痛いのに感じてるんだ。

「テレサ、深呼吸して？　呼吸が浅くなると、膣にも力が入って痛いよ？」

深呼吸？　それが効果あるの？

半信半疑ながらも、テレサは大きく息を吸って吐いた。すると、不思議なことに、膣の中が少しゆるんだ気がする。

「あ、いいね。広がった」

どうやら、ジェイコブにも伝わったらしい。

「もう一回」

すー、はー。

「うん、上手だよ。繰り返して？」

テレサは深呼吸をつづけた。途中で明らかに楽になって、ジェイコブのペニスの動きも大胆になる。

ぐぐーっ、と奥まで入って、そこで止まった。

「全部入ったよ」

ジェイコブがにこっと笑う。

…本当にかっこいいわね。悔しいけど、見とれてしまう。

「どう？　痛い？」

「…少しだけ」

じん、と痺《しび》れるような痛みはあるけど、ほんのちょっと。

「そうか。よかった。じゃあ、動くね」

「動く？」

何を言ってるの？

「ペニスをこすらないと、気持ちよくならないから」

え、そういうもの？　よく考えたら、入れたあとどうするのかは知らなかった。なるほど、おたがいのものをこすりあわせるのね。

…って、それ、また、わたしが痛くない？

「痛くないようにがんばるよ」

ほら、見抜かれてる。

「だから、テレサも深呼吸しててね」

ジェイコブはウインクをすると、テレサの足を持ちあげた。

「なっ…えっ…どっ…」

なんで。どうして。

「こうしないと動きにくいから」

そのまま、ジェイコブは、ずるり、とペニスを引き抜く。膣壁がこすられて、ぞわぞわ、と背中に震えが走った。

気持ちいいのか悪いのか、よくわからない。

また、ぐーっ、と押し入れてくる。

ぞわぞわぞわ。

抜いて、入れて、抜いて、入れて。

ぞわぞわ、ぞわぞわぞわ、ぞわぞわぞわぞわ。

「んっ…んっ…」

小さく声も漏れ始める。

あ、わたし、感じてるんだ。

そう気づいた。

気持ちいいと思ってしまってるんだわ。

それを理解した瞬間、もっと気持ちよくなる。

「あぁあっ…あぁん…あっ…」

あえぎも激しくなった。

「よかった」

ジェイコブが体を傾けて、ちゅっ、とテレサにキスをした。

「気持ちいいんだね」

うなずきたくはない。だけど、否定もしない。

きっと、ジェイコブはわたしの表情でわかっている。

「これで、ようやく普通にできる」

ジェイコブはもっと高く、テレサの足を挙げた。自然と腰も浮く。

じゅぶ、じゅぶ、と音をさせながら、ペニスが深く深く埋め込まれた。

「いやぁっ…あっ…あっ…あぁん…」

ずるり、と抜かれて、また、ドン！　と勢いよく貫かれる。

「はぁん…はぅ…っ…んっ…」

体が熱い。頬も熱い。全部、熱い。

ペニスが激しく出入りをして、ぐちゅん、ぐちゅん、と濡れた音が大きくなっていく。

「んっ…やっ…あっ…もっ…」

テレサは上半身を左右にばたばた動かした。自分でもどうしてそうなっているのかわからない。

びくびくっ、と膣が震えているのが感じられた。

「あ…すごい締まってる…やば…もたないかも…」

ジェイコブがペニスを奥に打ちつけながら、そうつぶやく。

もつって何？　これからどうなるの？

「あ…出る…！」

どくん。

そんな音が聞こえた気がした。膣の中でのことなので、実際にはそんなことはありえないとわかっていても。

それでも、どくん、どくどくっ、とジェイコブのペニスが弾けたような音が耳に届く。

「やぁぁぁぁぁっ…！」

それとほぼ同時に、テレサの膣がすごい勢いで収縮と痙攣《けいれん》を繰り返し始めた。頭が真っ白になるんほどの快感が襲ってくる。

「テレサもイッたんだね…」

荒く息をつきながら、ジェイコブが嬉しそうにささやいた。

これがイクってこと…?

全身が汗ばんでいて、体がだるい。さっきまでの嵐のような快感は去ってしまっていた。

そうか、イッたら快感が消えるのね。

「よかったよ」

ちゅっ、ちゅっ、とキスをされて、テレサはぼんやりとジェイコブを見た。

これで、わたしは正式な側室になった。

…この男のものになってしまった。

それでいいの。

テレサは自分自身に言い聞かせる。

これで正しいの。

「これからもいっぱいしよう」

ちゅっ、ちゅっ、ちゅっ。

キスをされながら、テレサは散らばった思考能力をかき集めようとする。だけど、もう何も考えられない。

ううん、考えたくない。

……疲れたわ。

「疲れたんだね」

ジェイコブはペニスを抜いた。さっきとは比べものにならないぐらいやわらかくなったそれは、なんの痛みも与えてこない。

「ゆっくり寝なさい。おやすみ」

ジェイコブはテレサのまぶたを手で閉じる。それに逆らう気力もない。

目の前が暗くなると、急速に眠りにいざなわれた。

……これで、何も考えなくていい。

第三章

「お披露目《ひろめ》の夕食会を開こうと思う」

ジェイコブがそう言い出したのは、テレサが抱かれた翌日。

お披露目ってどういうこと、っていうか、すっごいだるいから、もっと眠ってたいんだけど。なんで、朝からこんなに元気なのかしら。こっちは疲れ切ってるというのに。

それをすべて表情にこめたはずなのに、ジェイコブはまったく気にしたふうもなく言葉をつづけた。

…自分に都合の悪いときは、テレサの表情の変化に気づかないふりをするようだ。本当に卑《ひ》怯《きょう》よね。

「正妻じゃないからお披露目というのもおかしな話だな。ただ、側室としてうちに入りました、と紹介しておかないと、のちのちめんどうなことになる。だから、夕食会を開いて、テレサの存在を知らせるんだ」

は？　何それ。のちのちめんどくさい、ってどういうこと？　そもそも、うちには側室がいなかったので（父親に何人か愛人がいたのはわかっている。あそこまで病弱な母親だと普通の夫婦生活を営むのは無理だから、母親自身も認めていた節があった。だとしたら、テレサが口を出すことじゃない。夫婦のことは夫婦にしかわからない。お金がなくなったのも、愛人に大金を貢いだとかでもないようだし。むしろ、側室を娶《めと》らないこと、母親と離縁しないことが、父親なりの愛情なのだろう）、紹介するのが常識かどうかも知らないんだけど。

その思いをこめても、やっぱりジェイコブはなんの反応もしない。

本当にいやな男！

だから、いやよ、と冷たく答えた。夕食会なんて出たくない。わたしはだれにも知られない存在でいたいの。

なのに、テレサの意見など無視されて、二週間後の今日、知らない人ばかりが集まった夕食会に強制的に参加させられている。

ゲストは二十人。もう、それだけでうんざりする。二十人の名前を覚えて、あいさつをして、愛想よくふるまって、なんて、できっこない。そもそも、人の顔と名前を覚えるのが大の苦手だ。二回目なのに、はじめまして、とあいさつするのなんてよくあることで、ひどいときには五回以上会っても記憶にない。

母親が病に伏せっていることも多く、あまり社交的ではない父親がそれを口実にして、家でパーティーを開催したことがないので、ホストの経験もない。どうやってゲストをもてなしたらいいのか、全然わからない。

そういう不安を口にしても、テレサは座ってるだけでいいから、と言われつづけていた。

たしかに、わたしはいま、座ってるだけだ。両隣に奥さんを連れた中年男性が座っていて、その名前もわからない。だから、話しかけられても、はい、とか、へえ、とか、あいづちをうつだけ。

なのに、両隣の男性はひっきりなしに話しかけてくる。向かい側に座っている男性も、ジェイコブが話しだしても、わたしをずっと見ている。

原因ははっきりしている。

テレサの着ているドレスだ。

ジェイコブの側室になって、久しぶりにメイドがついた。着替えを手伝ってくれるし、髪もまとめてくれるし、身の周りの世話をすべて焼いてくれる。

そういえば、こんなに楽だったわ。

全部、自分でしていたころを急速に忘れてしまいそうだ。というか、忘れていいのか。これからはずっと、ジェイコブの側室なんだから。

今日もお昼すぎから、メイドがお風呂の準備をして、テレサが入り終えると、体をタオルで拭いて、髪を乾かして、櫛《くし》でとかして、きれいに編み込んでくれた。その間にドレスの準備。正式なドレスはコルセットが必要なので、時間がかかる。

ジェイコブが用意したドレスは淡い黄色だった。肌の色とそう変わらないので、あまりドレスが目立たない。それに、黄色は似合わないから好きじゃない。

だけど、ほかに夕食会にふさわしいドレスがないと言われたら、着るしかないのだ。

だって、わたしの意思なんてあってないようなもの。わたしはジェイコブの側室で、ジェイコブに従う身なんだもの。

だから、素直に袖を通した。コルセットで締めつけられた上を、肌触りのいいドレスが滑っていく。

これはシルクかしら？　すごくすべすべしているわ。

ドレスを着て、ネックレスやイヤリングなどのアクセサリーをつけて、どうかしら、と鏡の前に立ってがくぜんとした。

何これ……！

テレサは自分の姿を見下ろす。

胸が半分以上出てるじゃない！　というか、少しでも動いたら乳首が見えそうなんだけど！

コルセットが胸の下までしかないのは、最近の流行だからなんとも思ってなかった。胸を全部覆うのではなく、ぐっと胸を下から持ちあげて谷間を作るのは、もう常識となっている。

でも、それは、ドレスからほんの少しだけ谷間が見えたほうがきれいだから、という理由であって、ドレスまでこんなに大胆に胸を露わにするようなのはちがう！

袖は少しおとなしめのパフスリーブで、そこから胸元まで思い切り切れ込んでいる。デザインとしてはそんなにおかしくはない、どころか、結構気に入った。胸が半分見えてなければ、の話だけどね！

こんな格好で夕食会に出るわけにはいかない。だって、本当に乳首ぎりぎりぐらいのところまでしか布がないんだもの！

「ちょっと！」

さすがにドレスを替えてもらおうとメイドを呼んだのに、だれもいなかった。部屋を出ようとしたら、外から鍵がかかっている。

え、まさか、これで夕食会に出ろっていうの？　こんなとんでもない格好で？　嘘でしょ！

…嘘じゃなかった。夕食会が始まる寸前、テレサの部屋にやってきたジェイコブは、テレサの格好を見て満足そうにうなずく。

「すごくいい。それで夕食会に出ろ。座ってるだけで喜ばれる」

「いやよ」

ジェイコブをにらんだ。

こんな格好で絶対に出ない。あなたのことを許さない。どうしても着替えさせないなら欠席するわ！

その意志をこめてジェイコブをにらみつづけたのに、今回も華麗《かれい》に無視された。

表情を読めるのは事実なのだ。だから、めんどうなときは見ないふりをする。

本当に本当に本当にさいってい！

「座ってディナーを食べるだけでいい。ゲストを迎えなくてもいいし、だれの名前も覚えなくていい。二時間の我慢だ」

ゲストの迎え方がわからないからそれは助かるし、名前を覚えなくてもいいのはもっとありがたい。

だけど。

「いやったら、いや」

この格好は絶対に受け入れたくない。

「だったら、おまえは側室の役目を果たさないってことになるがいいのか？」

「…どういうこと？」

「返品する」

わたしは物じゃない！　傷物にしといて返品なんてありえない！

そんな言葉が喉まで出かかった。だけど、おなじぐらいの権力を持つもの同士ならありえなくても、片方だけがはるかに権力が強い場合、なんでもできる。そういう実例をいくつも見ていた。特に、正妻じゃないテレサは立場が弱い。側室なんて、いくらでも替えがきくのだ。

飽きたらお払い箱にすればいい。

そう考える人はいくらでもいる。

不条理なことをされているのに逆らえない、というのは、ものすごく屈辱だ。

でも、従うしかない。

「ただ座って食べるだけ。しゃべりもしないし笑いもしないわ。それでいいのね？」

笑ってのけぞったりしたら、ドレスからおっぱいがはみ出てしまうかもしれない。そんな危険を冒したくない。

ナイフとフォークとスプーンを使うぐらいなら、たぶん大丈夫。部屋の中をうろうろしても平気だったし。それに、いま、ジェイコブに詰め寄ったけど、出ている部分がぷるぷると震えるだけだった。

ドレスも結構きつめに作ってあるから、それが幸いしている。

「それでいい。ただ食べてろ」

だから、テレサはみんなが集まる前にすでに席に着いていた。テレサの席は横に長い側の真ん中あたり。

玄関が騒がしくなって、ゲストがダイニングルームに入ってきても、テレサは席も立たなかった。常識がないと思われてもいい。こんなドレスを着て、急に立ち上がったら、どうなるかわからない。

テレサの両隣には男性が座った。少し驚いたような表情を浮かべたのは、きっと、テレサのドレスのせい。肌の色に近いため、何も着けてないように見えたのかもしれない。そこまで考えて選んだんだとしたら、ジェイコブは本当に最低だ。

もう何回、最低だと思ったかもわからない。

ジェイコブはホストとして、奥の短い部分に一人で座っている。その向かいには、かなり年配の老婦人。どういう関係なのかはわからないけど、ジェイコブについでえらい人なんだろう。

横には十人ずつ。テーブルがものすごく横長というわけではなくて、縦の部分にそれぞれ一人しか座ってないせいだ。夫婦で来ている人も、一人の人もいる。年齢もばらばら。とはいえ、みんな、テレサよりは年上だ。一番若そうな女性ですら、ジェイコブよりはるかに上に見える。

そういえば、ジェイコブっていくつなんだろう。二十代半ばかそれよりちょっと下に見えるが、正確な年齢は知らない。今度、気が向いたときにでも聞いてみようかな。

食事が始まるまでは、みんな、なんとなくテレサをうかがうような感じだった。それでも、だれも話しかけてこない。二、三人で固まって、それぞれがおしゃべりをしている。ジェイコブは近くの人たちと楽しそうに笑い合っていた。ジェイコブの向かいの老婦人は、黙って食前酒を飲んでいる。

食事が始まってしばらくすると、右隣の男性が話しかけてきた。おいしいですね、とか、そういったこと。本当においしいですね、と、にこっと笑って答える。さすがに、そのぐらいはできる。

それを見ていた左隣の男性が、今日はお天気がよかったですね、とテレサをのぞき込むようにして言ってきた。身を乗り出されて、思わずよけそうになったのをどうにかこらえる。だって、動いたらドレスがずれるかもしれない。ナイフとフォークも、なるべくゆっくりと手を動かしながら慎重に使っているのに。

ええ、いい天気でしたね。

オウム返しの答え。ほかになんて言えばいいの？

どういうお天気が好きですか？

左隣の男性の視線がテレサとあわない。

ああ、そういうことか。

すぐにわかった。さすがに、そこまで鈍くはない。

この人、わたしのおっぱいを見ているんだわ。ここまで出てるんだから、もしかしたら乳首が見えるかも、と身を乗り出してきたのね。

そのあとは、両隣からひっきりなしに話しかけられた。前に三人並んで座っている男性も、楽しそうにおしゃべりするふりをして、テレサの胸元を見つめている。

これがジェイコブの狙いだということはわかりきった話だ。だけど、その理由がまったくわからない。

テレサのおっぱいを他人に見せつけたいんだろうか。二週間、たくさん抱いたから、もう飽きたとか？　新しい刺激が欲しくなって、こんな露出《ろしゅつ》をさせたの？

そう、本当にたくさんたくさん抱かれた。そういう行為は夜だけかと思っていたら、全然そんなことはなかった。朝となく昼となく夜となく、ジェイコブは気が向いたときにやってきて、テレサを抱く。拒否する権利はテレサにはない。

初めてでも気持ちよかった性行為は、回数を増すごとにどんどん快感が増していった。少しは抵抗しようとしても、ジェイコブに触れられたら、もう何もできなくなる。

…どうしよう。そんなこと考えてたら乳首が、きゅん、ととがってきた。

「あ…」

右隣の男性がそんなつぶやきとともに、ごくん、と唾を飲んだ。どうしたんだろう、とその男性じゃなく、自分の胸元を見たら、乳首がドレスを、つん、と押し上げている。コルセットで覆われてないので、乳首の位置が明らかだ。シルクのドレスなのもだめなのかもしれない。肌触りはすごくいいが、生地が薄めなのだ。

ここで慌ててしまうと、五人の男性の注目を集めることはわかっている。昔から、幸か不幸か、男性の視線には慣れているので、どうふるまえばもっとも効果的なのかも知っている。

気にしないふうを装えばいい。

わたしは何も気づいてないわ。乳首がどうなってるかなんて見てもないわ。全然、平気。どうでもいい。

恥じらったりしたら、相手を喜ばせるだけ。

「どうかしました？」

テレサは右隣の男性に微笑《ほほえ》みかけた。

「いや…なんでも…」

そう言いつつ、彼はじっとテレサの胸元を凝視している。もしかしたら乳首がとがったことで乳輪が少しはみ出てしまったのかもしれない。さすがに怖くてたしかめられない。もし、少しでも出ていたら、さすがにドレスを直さざるをえない。そうすることで、ますます、あ、あれはやっぱり乳輪だったんだ、ということは、また今後も見られるかもしれない、という誤解（じゃないかもしれないけれど）を与えてしまう。

「そうですか」

まだ食事は全然進んでいない。夕食会や着席のパーティーではおしゃべりしながらゆっくり過ごすのが常識だけど、今日だけはさっさと進んでほしい。まだスープだなんて、うんざりする。このあと、魚料理、口直しのシャーベット、肉料理、デザート、コーヒータイムとつづいていく。そのあとは食後酒を飲むのだろうが、場所を移動するのでテレサには関係ない。テレサはこのテーブルについていればいいのだ。みんなが出て行ったら、自分の部屋に戻れる。

ちらり、とジェイコブを見ると、ジェイコブがその視線に気づいたのか、テレサを見返した。じろりとにらんでやると、ウインクを返してくる。

なんなの！　あなたの側室が男たちに乳首を見られようとしてるのよ！　もっと憤ってもいいでしょう！　側室だからって、大事にしなくていいわけじゃないだからね！

今日、もし部屋に来たら、そのまま追い返してやるわ。だって、そんな気分になれないもの。

テレサは姿勢を正したまま、スープを飲み終えた。使用人がお皿を下げるためにやってくる。

その使用人に左隣の男性の肘が、ドン、とぶつかった。使用人がよろけて、テレサのほうに倒れ込みそうになる。使用人は足を踏ん張って耐えた。テレサは一瞬、よけそうになったけど、そうするとドレスが乱れるかもと気づいて、じっとその場にとどまる。

「すまない。スープを飲もうとしたんだ」

左隣の男性はそう謝ったが、絶対にわざとだ。使用人がテレサにぶつかったら、おっぱいがこぼれると踏んだのだろう。もしくは、テレサがよけて立ち上がりでもして、ぶるん、とおっぱいが露わになると思ったのか。

…男って最低。おっぱいを見ることしか考えてないのかしら。そもそも、奥さんを放っておいて、わたしの胸元ばかり見てるなんて。わたしが奥さんなら、みっともないまねをしないで、と激怒しているところよ。

ほかの人もいるのに、若い子のおっぱいにしか興味がない姿を見られても平気なんて情けなさすぎる。

今後もこういうことをされるかもしれないから、用心しないと。どう用心しようかしら。とにかく立ち上がらない。ぶつかられて、一瞬、ちらり、と見えたとしても、そこは使用人の体をうまく使って隠す。そして、さりげなくドレスを直す。

うん、これがいいわ。

食事中に他人の体に触れてはいけない。たとえ、隣の人だとしても、お行儀が悪い。そういう作法があってよかった。じゃなければ、両隣から肩や手に触れられて、わざと体を揺らされて、おっぱいがドレスからこぼれることになっていたかもしれない。

上流階級の面倒なしきたりも、たまには役に立つわね。

魚料理を出されるときも下げられるときも無事だった。さすがに、おなじ手は使ってこない。口直しのシャーベットは、少し体を斜めにしないと食べられない。まっすぐ座ったままだと、口に持っていくまでにこぼれそうになる。

なので、最低限、体を傾けた。今度は前に座っている三人が、ごくり、と唾を飲む。

さぞや、いい眺めでしょうね。わたしのおっぱいの上半分が見えているんだもの。くっきりとした谷間も一緒にね。

一気にすべて食べたいところだけれど、さすがにマナー上、そういうわけにもいかない。何度かにわけて、ようやく食べ終える。前の三人がずっと胸元を見ているのも、途中から気にならなくなった。

どうやら、このドレスはテレサの体にあわせて作られているようだ。少しぐらい動いても、胸元の生地はずれない。部屋からダイニングルームに来るまで階段を降りてきたけれど、それでも大丈夫だったんだから、もっと早く気づけばよかった。

あとはお肉とデザートとコーヒー。もしかしたら、コーヒーも場所を変えて飲むのかもしれない。そうしたら、あと二品。

ちょっとドキドキさせてあげましょう。

これまで、ずっと胸元ばかり気にして料理の味すらわからなかったので、仕返しぐらいしてもいいだろう。もしかしたら、おっぱいが見えるかも、と期待しながら、じっと見てればいい。そして、家に帰って、奥さんに怒られればいいんだわ。

…いや、そんなことはないのかもしれない。上流階級は全員、政略結婚だ。たまに、本当に好きな人と結婚することもあるけれど、それは、たまたま、政略結婚の相手が好きな人だっただけ。

家柄、資産、その他いろんなことを考えて、みんな結婚をする。貧乏でもいい、好きな人なら、なんて考えはない。

テレサは自分が貧乏になったので、よくわかる。愛さえあればお金なんてどうでもいい、なんてこれっぽっちも思えない。これまで何の苦労もなく暮らしてきたのに、突然、お金の心配をしたり、家事を自分でしたり、安いものを探して買ったりなんて、絶対に無理だ。ジェイコブに拾われなかったら、と思うと、ぞっとする。ジェイコブのことは好きでもなんでもないけど、見た目もいいし、お金持ちだし、きちんと親の面倒を見てくれているし、で、その点においての不満はない。

今日、こんなドレスを着せたことに関しては不満だらけだ。

…いったい、何だったかしら？

ああ、そうそう。両隣や前の席の男性たちがテレサの胸を凝視していても、奥さんたちは怒らないだろう。バカにはするかもしれないけれど、どうでもいい、と思ってそうだ。このぐらいの年齢の夫婦なんて、どこもみんな冷めていて、別の相手を見つけて楽しんでいる。それを男の甲斐性《かいしょう》と呼んだり、女ざかりと説明したり。

両親の場合と同様、おたがいが納得していればいい、と考えているので、それが悪いとは思わない。夕食会で明らかに自分の存在が無視されるのはおもしろくはないだろうけど、それをわざわざとがめる時期はとっくに過ぎていそうだ。

…夫婦っていろいろ大変よね。好きでもないのに一緒になって、好きでもないのに一緒に過ごして、子供もできて、そして、その子供にも好きでもない相手と結婚させる。私に、もし子供ができたら…え、子供ができたら？　ジェイコブとの？

うわあああああ！

その考えで、ぞわぞわと鳥肌が止まらなくなった。

そうか、このままだとジェイコブとの子供ができるんだわ！　何も考えてなかった。あれだけ性行為をしていれば、いつかはそうなる。

どうしよう。子供ができたら産まなければならない。側室というのは、そういう面も持ち合わせている。もし万が一、正妻との間に子供ができなければ、側室の子供を引き取って育てるのだ。血筋を絶やさないためには、それもまた大切なこと。

でも、わたしが子供を産むの？　ジェイコブとの子供を？

いやよ！　と泣き叫んで拒絶するほどではないけれど、積極的に産みたくはない。

たぶん、子供はかわいいと思う。そんな大事なことなのに確信が持てないなんて、産んではいけないような気にさせられる。

無事に産まれて、かわいいと思えて、一緒にいて幸せだったとしても、その子は、『側室の子供』だ。正妻に子供が産まれたら陽《ひ》の目を見ることもなく、お屋敷の隅で小さくなって暮らしていかなければならない。男の子だったら、なお大変。もし、正妻に、跡継ぎを狙っている、と誤解されたら、養子に出されてしまう。

子供が産まれない夫婦というのも実は結構いて、身分の高い人の側室の子供を養子にするのは、家を継続していく方法として普通にある。自分が産んで、成長を見守って、かわいがってきた子と切り離されるなんて、想像しただけで胸がつぶれそうだ。

解決方法はただひとつ。男の子を産まなければいい。だけど、どうやったら男の子を産まずにすむのかなんて、だれにもわからない。そこは神様の領域だ。

子供のことなんてなんにも考えずに、この二週間、のほほんと過ごしてきたけれど、もっとちゃんと対処しなければ。

とはいっても、ジェイコブを拒否はできない。いつ子供ができるのか、そういうこともまったくわからない。

どうしよう。

わたし、子供ができちゃう！

「それでは、リビングに移動してください」

ジェイコブのやわらかい声が聞こえてきた。テレサは、はっと我に返る。

え…。もしかして、デザートまですべて終わったの？

テレサは目の前のお皿を見た。そこには手つかずのデザートが置いてある。お肉料理はいつの間にか下げられたらしい。

あー！　ずっと胸をじろじろ見られたお返しに、わざと挑発してやろう、と思ったのに、それもできなかった！

そんなに長く考えにふけっていたつもりはなかったのに、どこかで思考が停止していたのだろうか。もしかして、子供ができる、と気づいたときかしら。あのときは、衝撃を受けすぎたもの。

「お嬢さんはリビングに行かないのかね？」

右隣の男性がナプキンをテーブルに置きながら聞いてくる。

「ええ、わたしは遠慮を」

「そうですか。では、よい夜を」

手を差し出されて、テレサはその手を軽く握る。すると、男性がよろけたふりをして、テレサのおっぱいを、むぎゅっ、とつかんだ。

「きゃっ……！」

思わず、小さな悲鳴が漏れる。

「ああ、すまない。年を取ると、足元がおぼつかなくてね」

嘘をつきなさい！　わざとでしょう！　ずっと、わたしのおっぱいが触りたくてしょうがなかったくせに！

だけど、ここで騒ぎを大きくするわけにはいかない。

「お気をつけてくださいね」

ひきつった笑顔で、そう言うだけだ。

「ありがとう」

何が、ありがとう、よ！　お礼も言われたくないわ！　さっさとどっか行って！

罵倒はすべて、心の中で。

「お嬢さん」

今度は右隣の人から声をかけられた。テレサはとっさに手で胸を覆う。もう触られるわけにはいかない。

「はい」

テレサはにっこり笑顔を浮かべた。

「今日は楽しかったよ。あいさつのキスを」

あいさつのキスといっても、頬を合わせて、ちゅっ、と唇を鳴らすだけ。本当にキスをするわけではない。

親しくもないのにそんなことをやりたくはないけど、言われたらしょうがない。

テレサは座ったままでいることで、これは本意ではないんだ、ということを示した。礼儀知らずだとあとから非難されても、知ったことじゃない。

頬すら触れたくないので、少し離して、ちゅっ、と音を立てる。反対側も、ちゅっ。

離れようとしたところで、男性がテレサの胸の谷間に指を滑り込ませた。

「…っ！」

今回は、さすがに声を我慢する。そして、両隣のバカ二人のおっぱいに対する執着に感心すらしてしまう。

最悪だけどね！

すぐに抜くかと思ってたら、二、三度、指を往復させてから、ようやく指を引き抜いた。

「また会おうね」

そんなことを耳元でささやかれる。

絶対にごめんです！

夕食会にいた人たちが次々とダイニングルームを出て、ようやくテレサ一人になった。廊下でばったりだれかに会うのもいやだから、しばらく待って、人の声が完全に聞こえなくなってから、そっと部屋に戻る。

そういえば、ジェイコブはテレサに声すらかけなかったな、と思い出した。両隣の男性がテレサのおっぱいに執着していたことや、触ったことを知っていたかどうかもわからない。ダイニングルームをどのタイミングで出たのかも。

「わたしは側室なんだから守りなさいよ…」

テレサは、ぼすん、とベッドに寝転んだ。ディナーを食べただけなのに、疲れ切っている。

それもこれも、全部ジェイコブのせいだ。

いまごろは、コーヒーや食後酒を楽しんでいるんだろうか。その仲間には絶対に入りたくない。こんな格好で、夕食会よりももっと自由にみんなが動き回れるところに行くなんて、バカげている。

だけど、一人で部屋にいるのも、なんだか寂しい。

ジェイコブに会いたい、とふいに思った。

会って、文句を言いたい。どういうつもりなのよ！　とわめきたい。

どうしてだろう。この格好をさせたのもジェイコブなのに。

テレサは自分の心を探ってみる。

どうやら、おっぱいを見せている女としか認識されなかったことに、結構ダメージを受けているようだ。

ジェイコブはテレサを欲しがってくれた。

あの席にいた男たちは、テレサじゃなくても、おっぱいを見せてる女性ならだれでもよかった。

そのちがいは、かなり大きい。

「…早く来なさいよ」

さっきまで、拒絶してやる！　と思っていたのに。

あの場で、テレサをテレサとして認識していたのはジェイコブだけだった。おっぱいを触った二人は、テレサの名前すら聞かない。お嬢さん、としか呼ばなかった。

こういう格好をしているから、しょうがないのかもしれない。でも、わたしはわたしで、おっぱいじゃない。

「バカバカバカバカ…」

だれに対してかわからないことをつぶやきながら、テレサは枕に顔を埋めた。

…ジェイコブに会いたい。


「なんて格好で寝てんだ」

揺り起こされたとき、自分がどこにいるのか、一瞬わからなかった。声がしたほうを見上げて、焦点があうのを待つ。

ああ、ジェイコブだわ。

そう気づいた瞬間、テレサは飛び起きた。

「あんたね！」

ジェイコブのシャツの胸元をつかむ。

「この格好のせいで、おっぱいを触られたのよ！　それも、二人にも！　側室なら、もっと大事にしなさいよ！　それとも、わたしのおっぱいを触らせたかったの⁉」

さすが謝るだろうと思った。

なのに。

「そうだ」

意外すぎる返事に、テレサは、ぽかん、と口を開ける。

「嘘…でしょ…？」

もしかして、他人に側室のおっぱいを触らせたら興奮する性癖の持ち主なの？　さすがに、そんな人にはついていけない。だって、今後どんどんエスカレートしていくのが目に見えている。

今日はおっぱいですんだけど、つぎは体中を撫《な》で回《まわ》されるかもしれない。あげくの果てに、別の人にテレサを抱かせないともかぎらない。ジェイコブはそれを喜んで見ている。

ぞわおわぞわ。

背筋が寒くなった。

そういう趣味がいけないとは言わない。個人のしたいことはそれぞれちがう。ジェイコブが、わたしがだれかに抱かれているところが見たくて、わたしも、他人に抱かれている姿をジェイコブに見られたいなら、なんの文句もない。実際に、そうやって夫婦交換をしている人たちもいると聞く。こういった下世話なことはパーティーの噂話《うわさばなし》として大いに盛り上がるので、別に知りたくなくても自然と耳に入ってくるものだ。

本人たちがよければいい。

テレサは何に対してもそう考えているので、それを、汚らわしい、とか、吐き気がする、とかはまったく思わない。夫婦にはいろんな形がある。わたしが口出しすることでもない。

でも、実際に自分の身に起こるなら、口出ししまくるわよ！　絶対に絶対に絶対にいやだから、無理にさせようとしたら…どうしよう。離縁（側室でも離縁というのかはわからないけど）して、家に戻る？　そして、また貧乏生活を送るの？

それもいや。他人に抱かれるところを見られるのとおなじぐらいいや。

ああ、どうしよう。わたし、袋小路に入ってしまったわ。

「またおもしろいこと考えてるな」

ジェイコブがにやりと笑った。

…いまは表情を読むことにしたのね。夕食会が始まるまでは、わたしの表情を読まなかったくせに。

「言っとくが、今日のは特例だ。テレサを側室としてクラークソン家に迎え入れていいかどうかの親族会議だからな」

「親族会議？」

え、てことは、今日の夕食会にいた人、みんな、クラークソン家の人たちなの？

「もしかして、わたし、まだ側室じゃないの？」

それならいい。…いや、待って、よくないわよ！　まだ親にお金が渡ってないってことじゃない！　あれから二週間もたっているから、わたしが細々と貯《た》めていたお金なんてとっくになくなっているはず。

莫大なお金の管理にすら失敗する父親が、少額のお金でやりくりできるはずもない。心配だから、明日にでも様子を見に行ってこよう。クローゼットにある高価なアクセサリーをいくつか売れば、かなりいいお金になる。それを渡して、どうにかしのいでもらわなければ。

「側室だけど、クラークソンが認めるかどうかで遺産の配分が変わるんだよ。クラークソン家に受け入れられたら、正妻とおなじだけの金額がもらえる。受け入れられなかったら、俺が死んだら一文なしで放り出される。それだけのちがいだ」

それだけって、すっごい大きなちがいじゃないのよ！　っていうか、待って。その前に、すごく大きな問題がない？

「ジェイコブ、死ぬの？」

遺産って、よっぽどのことがないかぎり、そんなに若いころから心配しなくてもよくない？

ジェイコブの親御さんが亡くなるほうが先よね？

あ、ジェイコブの前に座っていた老婦人って、もしかして、ジェイコブのお母様…なわけはないか。いくらなんでも年齢の差がありすぎる。たぶん、おばあさまだろう。そういえば、顔立ちが少しジェイコブと似ていた。

あそこにいたのが全員親族だとしたら、全員、それなりの年齢で、元気そうで、おっぱいを触るために工夫しまくって、前の三人はおっぱいを見るために全精力を傾けていて、本当におっぱいしか考えてなくて…ああ、もう、おっぱいばっかりね！

とにかく、みんな、結構いい年だった。それよりはるかに若いジェイコブが遺産の心配をするなんて、もしかしたら、不治の病でも患っているのかしら…。

「そりゃ、いつかは。人間だからね」

ジェイコブはにこっと笑った。

そういうことを聞いてるんじゃない。ジェイコブだって、それをわかっている。なのに、こうやってごまかすとは、本当に病気かもしれない。

「近々、死ぬ予定があるの？」

ひどい質問だとは思うけど、ここまではっきりさせないと答えてもらえそうにない。

「ないよ」

「よかっ……」

よかった、と言いかけて、途中でとめた。どうして、わたし、こんなにほっとしてるの？

わたしのおっぱいをわざとあの男たちに触らせた、ひどい人なのに。

ジェイコブが何か言うかと思ったら、特に触れられなかった。

よかった。聞き逃したのね。

「側室を迎えるときには親族の審査を受ける義務があるんだよ。側室だけで十人以上娶っているのもいるからね。その全員に遺産を配分したら、お金が減る」

いや、もちろん、そうなんだけど。側室を娶ったんだから、死んだあとのお金の責任ぐらい取りなさいよ。

「今日、テレサのおっぱいを触った二人とテレサのおっぱいを向かい側からじっと見ていた一人が、投票で賛成か反対かを決めるんだよ」

ああ、なるほど。ここで、ようやく話が読めた。あれだけおっぱいを見せたり、触らせたりすれば、今後のことを考えて賛成票を入れるだろう、と踏んだのか。

ん？　でも、向かいに座っていたの男性は三人なんだけど。

「向かいには三人いたわよ？」

だから、聞いてみる。

「ああ、二人はたまたま、あの位置になっただけ。俺が決めたのは、俺の向かいの席におばあさまに座ってもらうことと、テレサの両隣りと真正面に投票係を配置することだけだから」

え、だったら、なんの見返りもないのに、あの二人におっぱいを見せてたの⁉　別に全部見えてるわけでもないけど、前かがみになったときに乳輪ぐらいは、ちらり、と見えているかもしれない。

なんか悔しい！

そして、やっぱり、あの老婦人はジェイコブの祖母だった。黙々と食べていたけど、楽しかったのかしら。

「おばあさまは、俺のことが大好きだから、俺がしゃべってるとずっと俺のほうを見てくれる。つまり、テレサに目がいかない。うっかり、テレサの姿を見てしまうと、なんてはしたない！と憤って、側室だと正式に認めてくれないだろうしな。おばあさまは、古式ゆかしい淑女だから。で、おばあさまが反対すると、あの三人が賛成してもどうにもならないんだよね。おばあさまの意見は絶対。テレサを見ないようにするためには、俺がおばあさまの視線を釘付《くぎづ》けにしておく必要があったわけ」

「そんなにジェイコブのことを好きなの？」

ずっと釘付けになるぐらい？

「溺愛してる」

へー、ジェイコブはかわいいかわいい孫なのか。まあ、顔だけならすごくかっこいいから、自慢の孫なのも理解はできる。

「で、わたしは遺産をもらえるのかしら？」

欲しくない、と言ったら嘘になる。いま、テレサが頼れるのはジェイコブだけ。長生きしてくれるのが一番いいんだけど、もし、不慮の事故とかで命を落としてしまったときに、一文なしで追い出されるのは困る。

まず、お金がなくなる。

ジェイコブが小切手に書いた金額があれば、たしかに、一生困らない。ただ、それを全部一気に親にあげてしまうと、またおなじことになる可能性がある。全部使ってしまって、なんにも残らないとなったら、さすがにもうどうしようもないので、テレサの希望と資産管理人の助言が一致して、毎月決まった金額を渡すことになっていた。それとはまた別に、まとまったお金を資産運用もしてもらっている。これはジェイコブと資産管理人にまかせてあるので、父親のときみたいにはならない…はず。

ジェイコブが亡くなってしまったら、そのお金はどうなるのだろうか。そのあとも毎月、きちんともらえるとは思えない。資産運用していた分は、さすがに自分たちのものになると思うけど、どのくらい増えているのか未知数だ。

そして、これが一番困ることに、クラークソン家の専属医に母親を診てもらうこともできなくなる。医者を変えて以来、母親の体調はよくなっている、と聞いている。できれば、ずっと診てほしい。

わたしは当然、家に帰される。そのあと、またお金持ちとの縁談がある、なんてことは考えられない。他人の側室だったテレサを引き取ろうとする奇特な男性などいないだろう。

自分を高く売れるのは一度だけ。

それをジェイコブに使ってしまった。いまぐらい若ければ、それでもまだ、引き取り手があるかもしれないが（相手は、クラークソン家よりはるかに階級が下なのはまちがいない）、十年後とかだったら目も当てられない。さすがに、その年齢だと側室にすらなれない。

あ、もしかして、わたしの人生、詰んでる…？

「おばあさまはテレサを見てないし、テレサのおっぱいを揉んだり、谷間に手を入れたりした二人は上機嫌だし、乳輪がピンクだったと報告してきた向かいの男もにやにやしてたし、全員賛成してくれたよ」

…やっぱり、乳輪は少し見えていたのね。

え、でも、待って。賛成してくれた、ってことは…。

「というわけで、正式にクラークソン家の仲間入りおめでとう」

ジェイコブがテレサの頭を、ぽん、とたたいた。

「ありがとう…？」

なんか釈然としない。別に、おっぱいをあんなに露出しなくても賛成してもらえたんじゃないかしら？

「無理だよ」

…都合のいいときだけ表情を読むのやめてほしいんだけど。

「ここ最近は、側室を受け入れることがほとんどないんだよね。何年か前に、側室が十人以上いた人が死んで、側室が徒党を組んで、すごい金額をむしりとっていったんだ。それ以降、側室を娶るのは自由だけど、よっぽどのことがないかぎり、生きている間だけの関係にしておく、という暗黙の了解があってね」

「え、どのくらいの金額を取られたの？」

こっそりと耳元でささやかれた金額に、テレサは大きく目を見開いた。

それ、国が買えそうじゃない！　っていうか、そのお金を払っても、まだ資産が残っているクラークソン家って、どれだけお金持ちなの！

「それなら、側室を認めないのもしょうがないわよね」

どこの側室も真似《まね》をしたら、さすがに資産がなくなりそうだ。

「そう。だから、おっぱい大好き三人組が投票権を持っているこのときに夕食会を開いて、テレサのおっぱいを堪能させることが大事だったんだよ。俺のおっぱいを触らせるのはいやだけど、それよりもテレサの地位をたしかなものにするのが大事だし」

俺のおっぱい。

その言葉に、どきん、とした。そして、いやだ、と言われて、なぜか嬉しくなる。

わたしだけがいやなんじゃなかった。ジェイコブが喜んであんな露出度が高いドレスを着させたわけでもなかった。

よかった。どうやら、他人に抱かせて喜ぶ趣味もなさそうだ。

「というわけで、クラークソン家にようこそ」

ジェイコブが手を差し出してくる。テレサはその手を、ぎゅっと握った。

「お邪魔します」

自分がいなくなったあとのことをちゃんと考えてくれるなんて、すごく嬉しいし信用できる。

「さて、と」

ジェイコブは手を握ったまま、すっと目を細めた。

あ、これは怪しい兆候。この二週間で、そういうのはわかる。

「俺のおっぱいを消毒しないと。そうだな。夕食会でどんなふうに触られたのか、再現してみよう」

「…え?」

「テレサがどんなふうにおっぱいをいじられまくったか、教えてもらうよ」

いじられまくってなんかない。

そう抗議しようとした。

でも、ムダなことはわかっている。

事実がどうだったかなんて、ジェイコブには関係ないのだ。

ただ、夕食会の再現をして、この格好のテレサで遊びたいだけ。

どうして、さっさと着替えなかったのよ! のんきに寝てる場合じゃないでしょ!

自分に憤っても、もう遅い。

「いっぱい触られた?」

「触られてない!」

それでも言うべきことは言っておく。

「触られたよね? あんあん言ってたの知ってるよ」

ああ、だめだ。ジェイコブの中で、勝手に物語が作られていく。そして、わたしはそれに従うしかない。

架空の夕食会がどうなるのか、それが怖いのに、なぜか、じん、と体がうずいた。

…快楽に慣らされてしまったのが恨めしい。


部屋にあるソファーに並んで座らされた。椅子でもないし、すでに密着している。そこからしてちがっているのに、抗議しても聞いてすらもらえない。

「今日は天気がよかったね」

ジェイコブが、まるで夕食会での会話を聞いていたかのように、そう言ってきた。テレサは黙って、ジェイコブを見る。

「あなたはどんな天気が好きなのかな?」

そう、あの人たちはテレサの名前を知らなかった。お嬢さん、と呼んでいた。

「お嬢さんよ」

だから、訂正する。

「何が?」

「あなたじゃなくて、お嬢さん。みんな、わたしの名前になんの興味もないのね。おっぱいだけあればいいんでしょ」

「お嬢さんか。いいな。そのほうが興奮しそうだ」

テレサの問いかけには答えずに、ジェイコブは、うんうん、とうなずいた。

「お嬢さん、そこの塩を取ってくれないか?」

目の前には、当然、何にもない。

「いやです」

テレサはそっけなく言う。

「いやなわけがないだろう。目上には礼儀正しく接するものだよ。さあ、お嬢さん、塩を取ってくれたまえ」

…拒否する権利はないってことね。

テレサはすぐ近くに塩があることにして、手を軽く伸ばして塩を取った。かがんだりなんか、絶対にしない。

「はい、どうぞ」

「ありがとう」

ジェイコブは特に文句を言わなかった。いったい、どういうつもりなんだろう。

「おおっと！」

ジェイコブが手をくるりと引っくり返す。

「すまない！　塩がこぼれて、お嬢さんのドレスの中に入ってしまったよ！」

…そういうことか。

「大丈夫です！」

テレサは何もされてたまるものか、とさっと立ち上がった。そのまま、ぱたぱた、とドレスの裾を払う。

「こうすれば、塩も出ていきますから。お気になさらずに」

「いや、でも、塩が肌につくとかゆくなるからね。おーい、水に濡らしたナプキンを持ってきてくれ！」

だれに言ってるんだろう。この部屋には、ほかにだれもいないのに。

ジェイコブはさっと立ち上がって、バスルームに入った。

一人二役をやるの？　ごくろうさまね。

テレサがあきれていると、ジェイコブはタオルを片手に戻ってくる。ナプキンなんてないから、タオルがそのかわりということか。

「ああ、ありがとう」

ソファーにまた座って、ジェイコブはわざわざ左側を見ながら微笑んだ。

楽しそうでいいわね。

テレサはますますあきれる。

こういう、ごっこ遊びって、ジェイコブにしてみたらおもしろいのかしら。わたしはおもしろくないわよ！　だって、これからひどいことされそうだし！

「さて、拭いてあげよう」

ジェイコブがテレサのドレスの胸元を、ぐっと引っ張った。

「きゃっ……！」

そんなことされたら、おっぱいが見えちゃう！

「いいです！　自分で拭けます！」

「無理だろう。ドレスを自分で引っ張って、自分で拭くのか？　結構大変だよ」

「平気です！」

テレサは慌てて、ジェイコブからタオルを奪い取る。冗談じゃないわ。そうやって、おっぱいに触ろうとしても、絶対に阻止してやるから！

「そうかい。じゃあ、拭きやすいようにドレスを引っ張ってあげよう」

ジェイコブがもっとドレスを引いた。おっぱいが露わになる前に、テレサは急いで隠すようにしてタオルで拭く。

ちょっと！　タオル絞ってないじゃない！　びしょびしょになったんだけど！

「ありがとうございます。これで、塩でかゆくならずにすみました！　ドレスを離してください」

テレサはやわらかくジェイコブの手をつかんで、ドレスから外させた。ギリギリまで伸びていたのか、すごい勢いで戻ってくる。

破られなくてよかった。もう二度とこのドレスを着ることはないけど、破れたらおっぱいが丸見えだ。そんなの困る。

「塩を戻しておきますね」

これ以上、悪さをされないように、架空の塩を遠くに置いた。タオルはソファーの肘かけにかけておく。とにかく、ジェイコブに何も持たせない。

「最近はどうだね？」

「最近ですか？　普通です」

もう、さっさと終わりにしたい。何をたくらんでいるのかわからないから、かなり不気味だ。

「そうか…おや？」

ジェイコブがじっとテレサの胸元を見た。

「どうしましたか?」

「腫れてるぞ」

「……え?」

テレサは目を落とす。

ぎゃあああああ!　と叫びたくなるのを、どうにかこらえた。これが目的だったのか!　水分をたっぷり含んだタオルで拭いたおっぱいに、ぺたっとドレスが張りついている。完全に形が見えていた。どこまでがコルセットかもわかる。

そして、薄い黄色、というか肌の色に近いドレスのせいで、透けてもいる。ピンクの先端が、つん、とドレスを押し上げているのがはっきり認識できた。

でも、これは感じてるからじゃないの!　水が冷たかったから、尖っちゃっただけなの!　女の子なら、みんな、理解してくれるわよね!　女の子がここにいま、わたししかいないけど!

「やっぱり塩にかぶれたんだろう。ちょっと触ってみるか」

「大丈夫です!」

ジェイコブの手を振り払う。

「ぼくは医者だよ?」

嘘つきー！　そんな設定なかったくせに！

「だから、安心してまかせなさい。ああ、ほら、ここがこんなに突き出てる」

きゅっ、とドレスの上から乳首をつままれた。

「はぅ……んっ……」

テレサは、びくん、と体を震わせる。乳首はすっかり敏感になって、こうやって触られるだけで感じてしまうのだ。

「すごい硬くなってるね。かわいそうに。かゆいのかい？」

指先で、こすこす、と乳頭を細かくなぞられた。

「ひっ……ぃ……ん…やっ…あぁん…」

「そうか、かゆいんだね。乱暴にかくともっとかゆくなるから、ゆっくり丁寧にしてあげるよ」

ジェイコブは爪を立てると、上下左右に動かし始める。ドレス越しだから、全然痛くない。むしろ、気持ちいい。

「あっ…あぁん…やっ……！」

テレサの体がのけぞって、そのまま、ソファーにもたれてしまった。だって、背筋を伸ばしておくことができないんだもの…。

「逆側もしてあげないと。でも、遠くて、ちょっと見えにくいから、手探りになっちゃうな。こういうときは、直接のほうがいいね」

「え……？」

ジェイコブのもう片方の手が、ずぶっ、とドレスの中に入ってきた。

「やっ……！」

その手をどけようとすると、乳首を爪で引《ひ》っ掻《か》かれる。

「はぁん…あふっ…」

テレサの腰が跳ねた。その間に、ジェイコブの手がおっぱいを、もにゅっ、と揉む。

「やぁっ…あっ…あぁん…」

最初は、おっぱいなんて揉んで何が楽しいのだろう、と冷静でいられたのに、いまはおっぱいを揉まれるだけで気持ちよくなるようになった。たった二週間なのに、自分の体が変わっていく。

「おっぱいも腫れてるねえ。それとも、もとからこんなに大きいのかい？」

コルセットのせいよ！　下から持ちあげてるから、大きく見えてるだけよ！　もとからそんなに大きくはないわよ！　小さくもないけど！　わたしのおっぱいは、ごく普通なのっ！

そんなこと言えるわけがない。じゃあ、コルセットを外してみようか、となるに決まってる。

「こっちの先端も尖ってるね」

指先で、つん、と乳首をつつかれた。

「ひゃぅ…ん…あっ…やぁん…」

直接触れられるのは、布越しとはまったくちがう。電気のような快感がひっきりなしに全身を襲った。

「どうして、こんなに硬くなっちゃったかな。診察しないとね」

乳頭に指の腹を置かれて、そのまま、くるり、くるり、と回される。

「んんっ…あっ…だめぇ…」

そうされるのに弱い。気持ちよくてしかたなくなる。

「わかった」

ジェイコブが手を止めた。ほっとしてもいいはずなのに、いやな予感しかしない。

「塩が吸収されちゃったんだ。これから、ぼくが吸いだしてあげるからね」

「やっ…！」

ジェイコブからなるべく離れようとした瞬間、びりっ、と布が裂けた音がした。下を見ると、きれいにドレスの真ん中で破れている。布は左右に割れて、おっぱいが露わになっていた。

「きゃーっ！　見ないでくださいっ！」

テレサが手でおっぱいを覆う前に、ジェイコブがその手をつかむ。

「あー、ほら、こんなに腫れちゃってる。真っ赤になって、乳輪からぷっくらしちゃって。応急処置をしないとだめだね」

わたしが感じたらそうなることを知っているくせに！　こういうときだけ、いいように利用するんだから！

「人間の唾液が一番効くから。これから、ぼくがお嬢さんのおっぱいを、ちゅーちゅーしてあげるよ」

両隣にいた男性なら言いそうな、下劣極まりない発言。それなのに、テレサの下腹部が、じん、とうずいた。

こんなにいやらしいことを言われて、わたし、濡れちゃってる…。

「治療だからね。ぼくにまかせておいて」

「嘘ばっかり…言わないでください…っ…ただ…わたしのおっぱいを吸いたいだけ…でしょう…？」

ああ、わたしまで、ごっこ遊びにつきあってしまっている。もっと普通に、ジェイコブやめて！　と言えないのはどうしてだろう。

これを期待してるから…？

そうじゃないわ。絶対にちがう。

…本当に？

「そんなことないよ。ぼくはこれまで治療で、何百人ものおっぱいを吸ってきたからね。できればしたくないぐらいだ」

「じゃあ…」

「だけど、目の前に病人がいたら救うのが医者の仕事だ」

ジェイコブが、ちゅっ、とテレサの乳首を吸いあげた。

「ひぃ…ぃん…っ…！」

テレサの上体が大きくのけぞる。

「全部吸い出さないといけないから大変だな」

乳輪ごと口に含んで、そのまま、じゅううう、と音が出るほど大きく吸った。それと同時に乳首を舌で転がす。

「やっ…あぁん…ふっ…ん…ひっ…」

テレサの体が大きく反応する。体が震えたり、跳ねたり、びくっ、と揺れたり。

「反対もしてあげないと」

逆の乳首にも吸いつかれた。

「ひゃ…ぁん…んっ…はぅ…ん…だめぇ…」

乳輪から乳頭へと舌を這《は》わされて、また逆に降りていく。丁寧に少しずつ位置を変えて、一周されるころには、乳首はさっきよりもピンと突き出していた。

「あっ…あっ…あっ…」

テレサのあえぎも止まらない。

「さて、これで治ったはず…ん？」

乳首から唇を離して、ジェイコブはわざとらしく首をかしげた。

「おかしいな。治るはずなんだが」

「塩が…原因じゃないのでは…」

息も絶え絶えになりながら、テレサは告げる。

「いや、そんなことはない。あ、そうだ！」

ジェイコブはパチンと指を鳴らした。目がきらりと光る。

…ますます、いやな予感しかしない。

「お嬢さん、さっき、塩をはたいて下から出したよね？」

「ええ…それが…」

「ということは、塩が通ったところすべてが腫れているんだろう」

テレサは目を見開いた。まさか、そんなことを言い出すなんて！

「だから、おっぱいだけじゃだめなんだ。よし、こっちも見せてみなさい」

ジェイコブがドレスの下からめくろうとした。

「いやですっ！　そっちは何もなってません！」

テレサはスカートを押さえて、どうにか抵抗しようとする。

「そうか。お嬢さんがそう言うなら…」

ジェイコブが簡単にあきらめるはずがない。ここで油断してはいけない。スカートをがんばって押さえつづけないと。

そういう努力は、いつも実らない。

「ここから見るか」

さっきちょうど真ん中で破れた胸の部分に手をかけて、びりびりっ、と思い切り下まで引き裂いた。

「きゃぁぁぁぁっ…！」

スカートを押さえてもどうにもならない。完全に全部が見えてしまっている。

おっぱいの下までしかないコルセット。白いガーターベルト。白い下着。白いストッキング。

こんなにきちんとドレスを着るための格好を見せたのは、当然、初めてで、それがなおいっそう恥ずかしい。

「ガーターベルトの中には入りそうにないね」

ちゅっ、ちゅっ、とテレサの肌にキスをしながら、ジェイコブの唇は下に降りていく。

「この辺りはついたかな？」

ガーターベルトを、ピン、と引っ張られた。

「んっ…」

「もっと下まで降りてるよね。でも、足はストッキングで覆われてるから…ここが怪しい」

ジェイコブがテレサの足を、ぐいっ、と左右に開く。

「やっ…だめっ…そこは…だめぇ…！」

「おや？　濡れてるよ」

ジェイコブが下着の上から、つーっ、と指を滑らせた。

「濡れてなっ…そんなの…ありえな…っ…」

「じゃあ、これは何かな？　濡れてないんだとしたら、原因を調べないと怖いね。ここはお嬢さんの大事な部分だし」

ジェイコブが指を上下させながら、テレサを見る。

「心当たりは？」

「ないですっ…ないっ…からっ…離してくださっ…！」

「ないんだ？　ますます怖いよ。ちょっと中を見てみるね」

「だめっ…！」

ジェイコブが下着を横にずらした。半分だけ、テレサの下腹部が露わになる。

「やぁぁっ…見ないでぇ…！」

「診察だって。ぼくは何百人ものを見てきてるから気にしないで」

ジェイコブがテレサのそこに顔を近づけた。

「やっ…だめっ…！」

「ふむふむ。ちょっとぷっくらと膨らんでるね。これは普段から？」

「知りませっ…」

普段はそんなになってない。感じると膨らむ。

それも、ジェイコブが教えてくれたこと。

「知らないのか。じゃあ、実験してみないとね。クリトリスを触るよ？」

「いやぁっ…！　触らないでっ…！」

「それはできない」

ジェイコブがテレサのクリトリスを指先でこすった。

「はぁぁぁん…っ…はぅ…っ…あっ…あぁぁん…っ…！」

びくん、びくん、びくん。

体が何度も震える。クリトリスをいじられると、テレサの体中に快感が駆け巡るのだ。

「少し膨らんだかな？」

くりくりと指でつまれて、そのまま左右に回された。

「やっ…やぁん…あっ…ひ…ん…」

「ん？　濡れたものが出てきてるよ。ここからね」

ジェイコブがもう片方の手を蜜口に当てる。そのまま、ぐいーっ、と中指を奥まで入れてきた。

「ひゃぁぁ…んっ…！」

濡れたときに指を入れられても、なんの違和感もない。最初のときに感じた痛みも、とっくに忘れてしまった。

いまは、膣の中も感じる。

とにかく、どこも感じる。

「こんなにねっちょりしてるよ。どうしたの？」

ぐちゅ、ぐちゅ、といやらしい音をさせながら、ジェイコブが指を抜き差しした。

「あっ…やっ…ふっ…ん…はぁん…」

テレサの唇から、ひっきりなしにあえぎがこぼれる。

「診察なのに、すっごいいやらしい格好をしてるね。お嬢さん」

ジェイコブはわざと、お・嬢・さ・ん、みたいに区切ってささやいた。テレサは自分の姿を見て、ひっ、と叫ぶ。

ドレスは半分に切れて、おっぱいは丸見えで、足を左右に開かされ、下着が横にずれて、後ろにもたれているせいか、女性器の一部がテレサからも見える。

こんなやらしい格好、さすがにしたことがない。

「ただの診察なんだよ?」

そう言いながら、じゅぶじゅぶ、と指を出し入れする。その様子まで見てとれる。クリトリスを、ピン、と弾《はじ》かれて、テレサはまたのけぞった。

もう見ない。

見たくない。

「ああ、たくさん中からあふれてきちゃってるね。これは、根本から治さないとだめだ。お嬢さん、ぼくをまたいで」

いや。そんなことしたくない。

そう断ったら、長引くだけ。テレサが我慢できないところまで追い込まれて、ひどい目にあう。

そうじゃなくても、おかしな夕食会で疲れきっていた。これ以上は耐えられない。さっさと終わって、さっさと眠りたい。

…これも言い訳かもしれない。わたしは、もっといろいろしてほしいのかも。

ジェイコブが下腹部から指を離した。テレサは深呼吸をしてから、のろのろと起き上がる。

「ああ、ドレスは邪魔だね。脱いでごらん?」

テレサは言われたとおりにした。今夜、両隣と目の前の男を楽しませるためだけに作られたドレスは、ただの布地になってしまっている。だから、もういらない。

「じゃあ、またいで」

テレサはジェイコブの足をまたいだ。膝立ちになって、後ろのソファーを手でつかむ。

「下着はつけたままでもいいけど、動きにくそうだから脱がせてあげようね」

ジェイコブはテレサの下着を膝まで下ろした。これで、もうテレサの女性器を隠すものは何もない。

「もっとかがんで」

テレサは腰を下ろした。ジェイコブがそのテレサの腰を持って、自分のペニスのほうに導く。

ぴたっ、とペニスの先端が蜜口に当てられた。

「これで、塩で腫れた部分の洗浄ができるからね」

そうか。その設定はまだつづいていたのね。

「お願い…します…」

だったら、そう言うしかない。

「いくよ?」

ずぶっ、とペニスが膣の中に入ってきた。

「あぁぁぁぁっ…!」

テレサはぎゅっとソファーをつかむ。ペニスが中に入ってくる瞬間だけは、まだ少しだけ圧迫感がある。

それも、すぐに消えてしまうけど。

「塩のせいで、ずいぶんぐちゅんぐちゅんになってる。いっつもこんなに腫れてるわけじゃないよね?」

「ちがっ…ます…お塩のせいで…わたしの中が…ぐちゅぐちゅに…なったんですっ…!」

「そうか。なら、治せるよ」

ずん、と下からすごい勢いで突き上げられた。

「いやぁぁっ…あっ…あぁっ…激しいの…だめですっ…！」

「どうして？」

ずるり、と抜いて、また、ずん！　と押し入れられた。

「擦れると…っ…お塩のせいでかゆいからっ…！」

「かゆいの？」

「はい…かゆい…ですっ…」

気持ちいいわけじゃない。かゆい。

これで通してやる。

「そっか。じゃあ、たくさんかいてあげるよ」

…結局、されることはおなじだった。表現がちがうだけ。

ジェイコブに勝てるはずなんてないのに。

「お嬢さんも動いてごらん？　自分でかゆいところを探しながらね」

「無理ですっ…あっ…あぁっ…」

ずん、ずん、と何度も奥を突かれて、テレサの全身に快感が走る。

「ああ、まだこっちの塩も取れてなかったな」

ジェイコブがペニスで突くたびに、ぶるん、ぶるん、と揺れるおっぱいに吸いつかれた。

「はぁぁぁん…そこをっ…吸うなんてだめですぅ…！」

「治療だよ？」

れろれろ、と乳頭を舌先で転がされる。ぐるり、ぐるり、と膣内でペニスを回される。

もう、気持ちよくてたまらない。

「治療…ですよね…？」

動きたい。ジェイコブがわざと触れていない、自分のもっとも気持ちいいところをペニスの先端でこすられたい。

「そう、治療。どうしたい？」

「治りたい…です…」

テレサは、ぐっ、と腰をあげて、膣内の一番敏感な部分にペニスの先端を当てた。

「あぁぁっ…んっ…あっ…あぅっ…ふ…っん…」

もうそれだけで、びりびりびりっ、と電気が走る。

このまま擦ったら、どうなるんだろう。

だから、やってみた。ぐりっ、と先端で擦った。

「………っ…！」

声も出ないまま、絶頂を迎える。体中と膣内が、びくびく震えて止まらない。

「先にイッちゃったんだ?」

ジェイコブがにやりと笑いながら、テレサを見た。

「いやらしい子だね。治療なのに」

「まだ…かゆいの…っ…」

テレサはゆっくりと腰を上下に動かす。膣のいろんな部分にペニスの先端や太い部分やその他の箇所が当たる。

その全部が気持ちいい。

たまに一番感じる部分に当たるのもいい。

「治ってないみたい…あなた…やぶ医者?」

「まさか」

ジェイコブは乳首を、ちゅっ、ちゅっ、と吸った。

「んっ…あっ…」

それだけであえぎがこぼれる。

「お嬢さんがかゆくなるまで、ちゃんと治療をしてあげるよ。いま一番かゆいのはどこ?」

「この奥のほうが…かゆくてたまんないの…」

テレサは腰を下ろして、ずぶずぶっ、とジェイコブのペニスをのみこんだ。

「治療…して…？」

「喜んで」

ジェイコブのペニスが、ガン！　と勢いよく奥に当たった。

それだけで、またイッてしまいそうで、テレサは唇を噛んで耐える。

「ゆっくりと治療してあげるよ」

ジェイコブがにやりと笑った。

「塩が完全に取れないと、今日はかゆくて眠れそうにないからね。そうだろ、お嬢さん？」

「は…い…」

ぞくぞく、と背筋が震えた。

これから、いったい、どんなことをされるんだろう。

まだまだ夜は終わりそうにない。

第四章

「おかげんはいかがですか？」

ジェイコブが、テレサの母親にやさしく声をかけた。

「おかげさまで、最近はすごく調子がいいんですよ。ありがとうございます」

テレサの母親はリビングの揺り椅子に座りながら、嬉しそうに答える。テレサはその光景が夢じゃないのかと疑いながら、まばたきもしないでじっと母親を見つめた。

一瞬でも目を閉じたら、母親の姿が消えてしまいそうで。

テレサが物心ついたときからずっと、母親はベッドで横になっていた。もちろん、小康状態のときもある。それでも、ベッドで体を起こして、本を読んだり、もう少し元気だと部屋の中を歩いたりするぐらいだ。それでも、少し動くとすぐに疲れて、ベッドに横になる。部屋から出てリビングにやってくる、なんてことはなかった。ずっと寝ているから体力もなくなっているし、足の筋肉も衰えている。部屋は二階にあるので、階段を下りている途中に、がくっ、と足がつんのめったりして、そのまま転げ落ちたら大ケガにつながる。

だから、会いたいときには母親の部屋に行った。苦そうなお薬の匂いがしていても、母親の部屋は大好きな場所だ。

だって、そこにはかならず母親がいてくれるから。

病気で苦しそうなときは、そっとドアからのぞいて、そのまま閉める。体を起こして本を読んでいたら、ぱあっと笑顔を浮かべて、そのまま部屋に入っていった。だって、母親が起きている時間にたまたま出くわすなんて奇跡みたいなものだから。

あら、テレサ、いらっしゃい。

少し元気なときは、母親はいつも微笑んで迎え入れてくれた。

今日はどんなことがあったの？

そうやって、テレサの話をいっぱい聞いてくれた。

お母様はもう元気になることはないんだろうな。

子供心にそう思っていて、だから、いつも一生懸命、話した。母親の笑顔を、声を、表情を、覚えておきたかったから。

なのに、母親はこれまでにないぐらい顔色がいいし、階段を転げ落ちることもなくリビングに下りてこられたのだ。

いつの間に、と思う。

わたしがジェイコブの側室になってから一ヶ月しかたってない。この家を出るときには、母親はベッドに伏せっていた。

一ヶ月でこんなに元気になるものなの？　それとも、わたしはジェイコブの屋敷にいて、夢を見ているの？　どっち？

「これから、もっともっとお加減がよくなりますよ」

ジェイコブの声はずっと穏やかでやさしい。聞いていると、テレサまで安心してしまう。

…ということは夢よね？　だって、ジェイコブがそんなにいい人なわけがないし。

ジェイコブの紹介で医者を変えた。元気になってきている、と聞いていたので、こんな夢を見ているだろう。

そもそも、ジェイコブがわたしと一緒に実家に来るはずがない。

…なんだ。安心して損をした。いまごろ、母親はいつもどおり、ベッドに寝ているにちがいない。できれば小康状態の日々がつづいていればいいな、と思う。それでも、以前よりは元気になっていることにはまちがいない。

「テレサ？　どうしたの、いったい。帰ってきてから、ずっと玄関で突っ立ってるなんて。こっちに来て、お母さんにハグをしてちょうだい」

母親が笑顔のまま、両手を広げた。

夢よ、夢。

テレサは自分に言い聞かせる。

でも、ハグぐらいしてもいいわよね？

テレサは母親に駆け寄った。母親からは苦い薬の匂いはしない。それどころか、お日様の匂いがする。

「元気そうね」

母親はにこっと笑うと、テレサをぎゅっと抱きしめた。

温かい。

テレサは驚く。

夢なのに、母親の体は温かい。

テレサはそっと母親の背中に手を回した。揺り椅子が動いて、母親が小さく笑う。

「びっくりしたわ。この揺り椅子には、まだ慣れないの。普通の椅子よりは背もたれが斜めだから楽だぞ、って、お父さんが買ってきてくれたんだけどね。揺れることを忘れちゃうわ。揺り椅子って名前だから、当たり前なのに」

お母様の声だ。

テレサは混乱する。

よく知った声、話し方、笑い声。これは本当に夢なの？　もしかしたら現実だったりしない？

テレサは強く強く母親を抱きしめた。薄い体。筋肉も贅肉《ぜいにく》も、何にもない。

これは、お母様の体。

「痛いわよ」

母親は笑う。嬉しそうに、楽しそうに。

「まだまだ病人なの。やさしくしてくれないと、お母さん、骨が折れちゃうわ」

「お母様…？」

テレサは、そう口にした。さっきまで怖くて、それすらも言えなかった。

「なあに？」

「元気に…なったの…？」

「まだ全然よ。そのうち元気になる予定。あ、でも、病弱なのは昔からだから、すごく元気で健康ってわけにはいかないけどね」

ああ、お母様だ。本当にお母様だ。

ここに、お母様がいる。

それに気づいたら、涙が止まらなくなった。お金がなくなったときも、絶対に医者代だけは払わなければならない、とがんばった。食べるものがなくても、母親のためなら、と我慢できた。

あの決断はまちがいじゃなかった。

治らない病気ならいっそ、とか思わなくてよかった。

だって、いま、お母様は元気になっている。

「どうしたの？」

声を殺して泣いているテレサの背中を、母親の細い腕が、ぽん、ぽん、とやさしく撫でてくれた。それだけで、ますます涙がこぼれる。

「お母様が…元気になってる…」

それが嬉しい。泣くほど嬉しい。

そうだ。思い出した。

テレサの実家に行こう。

今朝、突然、ジェイコブがそう言い出したのだ。実家がどうなっているかは気になっていたし、父親がちゃんとお金の管理をしているのか、使用人とかちゃんと雇えているのか、そして、母親の病状はどうなのか、知りたいことはたくさんある。

でも、どうして、という疑問がぬぐえなかった。わざわざジェイコブがテレサを実家に連れてきてくれる理由もわからなかった。

でも、いまは理解できる。

母親がテレサが予想していたよりも元気になっているからだ。それを、テレサに見せてくれようとしたのだろう。

「おや、来てたのか」

玄関のドアが開く音のあとから、父親の声がした。テレサは母親から離れたくなくて、顔だけをそっちに向ける。

「お父様…使用人は？」

そう、使用人が一人もいない。部屋の中はきれいだけれど、父親が掃除しているのだろうか。テレサたちが来たときも、バトラーが迎えいれてくれるわけでもなく、なぜかジェイコブが鍵を持っていて、玄関のドアを開けてくれたのだ。

「久しぶりだな、テレサ」

父親がにっこり笑う。

「あ、ごめんなさい。あいさつもせずに。お父様、久しぶりね。とても元気そう」

母親だけじゃなく、父親もとても元気に見える。お金がなくて困っていたころ、テレサだけが金策に駆けずり回っているのだと思っていた。たしかに、父親は何もしなかった。ただ、家にいて、手紙を何通か書いただけだ。だれもお金を貸してくれないとなると、手紙すら書かなくなった。

でも、それはテレサもおんなじだから責めるつもりはない。手紙を書くには時間がかかる。文面を考えて、丁寧な字で綴《つづ》って、そのたびに、ああ、わたしたち一家にはお金がないんだ、と思い知らされる。自分の書く文章で、いま直面している現実を突きつけられて、いっそう落ち込む。

なのに、その手紙に応えてお金を送ってくれる人がいなかったら、書こうという気力すら失われてしまう。

お金がなくなったのは父親のせいなのに、どうして、のほほんとしているのだろう。買い物にも行かないし、洗濯をするだけで何かをしている気分にでもなっているのだろうか、と苦々しく感じていた。

でも、そうじゃなかった。だって、あのころの父親と比べると、まったくちがう。顔が晴れ晴れとしている。

父親も父親なりに苦しんでいたんだな、と、めっきり白髪が増えた髪の毛を見ながら思った。一ヶ月前は、父親に白髪があることすら気づかなかったんだから、テレサも相当追いつめられていたのだろう。

母親は自分で階段を下りられるまで元気になって、父親ものんきさを取り戻している。お金の心配をしなくていいって、本当にすごい。

「花を飾ろうと庭に出ていたんだ」

父親は右手を掲げた。色とりどりの花が手の中にある。

「生けるのを手伝ってくれないか？」

そんなの一人でできるはずだ。ということは、母親、もしくはジェイコブに内緒で話したいことがあるのだろうか。

「わかったわ」

テレサは、あまり力を入れないように、それでも、ぎゅっと母親を抱きしめてから、父親に近づいた。

「どうしたの？」

テレサは小さな声で問いかける。

「花瓶を持ってきてくれ。手が汚れているんだ」

父親はそのままバスルームに向かった。テレサは花瓶を探す。

「お母様、花瓶どこかしら？」

「テーブルの上に置いてあるわよ」

「花が生けてあるのしかないわ」

「それでいいのよ。あの人、毎日、お花を替えてくれるの」

「へー、そうなのね」

お父様、そんなに気が効く人だったのか、と微笑ましくなった。母親を少しでもいい気分にしたくて、毎日、お庭から花を摘んでくるなんて、素敵だわ。だとしたら、テレサが呼ばれたのは、別に内緒の話があるんじゃなくて、ただ単に花を生ける手伝いをしてほしいだけなのかもしれない。

テレサは花が生けられたままの花瓶を持って、バスルームへつづいた。父親はすでに水を出して花の根元を洗っている。

「お父様、持ってきたわよ」

テレサは花瓶を床に置いた。

「生けてある花はどうするの？」

「そこにかけておく」

父親がバスルームの窓際を指さした。気づかなかったけれど、逆さまになった花束がいくつかかかっている。

父親が摘んできた花だけじゃなくて、この花も一緒に香ってたのね。どおりで、花の匂いに満ちていると思った。

「お母様に内緒の話があると思って身構えてたのに、まさか、普通に花を生けるだけとはね。でも、そのほうがいいわ」

「いや、内緒の話もある」

父親が水を止める。

「え…」

やっぱりあるのか。そうよね。普通は一人でやっているんだから、わざわざテレサを呼ばなくてもいい。

「お母さんは、すごく元気に見えるだろう?」

やだ、やめて、聞きたくない。

その気持ちが先にきた。だって、このあとでいい言葉がつづくはずがない。

どうして、と思う。

どうして、ほんのちょっとの幸せもくれないの？　お母様がいなくなったら、と想像するだけで、涙がこぼれそうになる。

「それが、すごく元気なんだ」

「…は？」

テレサは一瞬、父親の言葉が理解できなかった。何を言ってるんだろう、と本気で考えた。

「これは、お母さんには言えない。だから、テレサと私だけの秘密にしてほしい」

え、元気なのよね？　お母様の体を心配しなくていいのよね？

「ドクター・ジェンキンズはやぶ医者だった」

父親は、すごく申し訳なさそうな表情を浮かべていた。

「はるか昔、知り合いに、とてもいい医者だ、と勧められたんだ。私は人を疑うということがなくて…というか、疑うことすらめんどくさくて、そんなに言うなら、とお母さんの主治医にした。だから、ジェイコブが新しい医者を派遣することに関しても、どっちでもいい、という気持ちだった。お母さんはもともと体が弱い。きっと、このまま弱っていくんだ、とあきらめていたんだ」

それは、わたしも。そして、わたしはドクター・ジェンキンズがやぶ医者だということを知っている。

「お父様…」

そのことを打ち明けようとしたら止められた。

「いまの主治医は、ドクター・ヤルコム。若いがとても腕のいい医者だ。彼が最初に来たときに、これまで服用していた薬を見せてください、と言われた。私は薬棚にある薬を持っていくと、ドクター・ヤルコムが眉をひそめたんだ。ああ、よくないことが起こっていたんだ、と気づいたよ。わたしが主治医の評判や素性を調べなかったばかりに、お母さんの体がひどいことになってたんだ、と」

それは、わたしも同罪。だって、お母様が体調を崩すたびに、ドクター・ジェンキンズを呼んでいたもの。ジェイコブが、あいつはやぶ医者だ、と言ったときに猛反発もしたし。

「睡眠薬と神経を鎮める薬を数種類ですね。奥様は精神的に悪いところがあるわけではないので、まずは薬を抜きましょう。奥様が起き上がれないほど具合が悪いのは、薬のせいです。いま現在、特に体に悪い部分はないですからね。ドクター・ヤルコムはそう言った。私は頭をぶん殴られたかのような衝撃を受けたよ。お母さんは年を取るにつれて、ますます体が弱くなっているんだな、としか思ってなかったから」

いま、テレサがおなじ衝撃を受けている。ぐらり、と体が傾きそうになって、必死で足を踏ん張った。

ここで倒れるわけにはいかない。

「すまない」

父親はテレサのほうに向き直り、深々と頭を下げた。

「何…が…？　お父様のせいじゃないわ…」

「いや、私のせいだ。お母さんはああいう体なんだ、となんの疑いも抱いてなかった。もっといい医者を探す努力すら放棄した。それは、私の性質なんだ。いやなものから逃げる。面倒なものからも逃げる。だから、お金もなくなった」

父親は頭を上げて、まっすぐにテレサを見る。

「お金がなくなって、テレサががんばっているときも、私は何もしなかった。いや、むしろ、お金がないという現実から逃げたくて、よけいな買い物までした。テレサに、手紙を書いて、と言われたが、すまない、書いた手紙を出してはいないんだ」

「え…」

さすがに、それは予想してなかった。いやいや書いて、どうにか出して、それでもだれも返事をくれないからあきらめたのだと思っていた。

「お金がないのは一時のことで、そのうちどこかからやってくる。本気でそう思っていた。いや、そう思い込みたかった。おまえがきちんと現実と向き合っているのに、私は逃げてばかりいた。そんな私のせいで、娘も妻もひどい目にあっている。本当にすまない」

また父親が頭を下げた。

「ごめんね、お父様。いいわよ、気にしないで、って言ってあげたいけど、さすがにそれは無理みたい」

父親が本気で謝っているのも、心の底から後悔しているのも伝わってくる。

でも、それがもう少し早ければ、と、どうしても思ってしまうのだ。母親の件については、知り合いが勧めた医者だから信用してしまうのはしょうがない。父親だって医学の知識はないし、ドクター・ジェンキンズは母親が具合が悪くなるたびに駆けつけてくれて、肺炎などの病気はきちんと治してくれていたのだ。そういう人を疑うのはむずかしい。

でも、お金がなくなりますよ、と資産管理の人に言われたときには動いてほしかった。現実から目をそらすんじゃなくて、きちんと家長としての役割を果たしてほしかった。

だったら、わたしはいま、側室なんかになっていない。

だけど、と思う。

あのままだったら、母親はやぶ医者に変な薬を与えられつづけ、お金をむしりとられ、あげく、本当に寝たきりになっていたかもしれない。ジェイコブが新しいお医者さんをつけてくれたことで、母親は助かったのだ。

だとしたら、お金がなくなって、わたしが側室になった意味はある。

母親を救えた。

それで十分じゃない？

テレサは父親に近づいて、その肩をぽんとたたく。

「でも、反省したのなら、二度とおなじまちがいをしないでね」

「ああ、もう二度としない」

父親は何度かうなずいてから、体を起こした。

「お母様は元気になるの？」

「もとから病弱だから、その部分はどうしようもない。年に何回かは寝込むことになるだろう。薬も何年もかけて飲まされていたから、まだ全部は抜けきっていない。でも、普通の生活を営むことはできそうだ」

「よかった…」

テレサはぎゅっと両手を握り合わせる。

「お母様が、ああやってリビングでくつろぐ日が増えるなら、本当によかったわ」

「おまえのおかげだ。ありがとう」

そういえば、この件で父親に感謝されたのは初めてかもしれない。すまない、とは何回も言われた。申し訳ない、すまない、と。ただ、ありがとう、とは言われなかった。

娘を売って感謝するなんて、それはさすがにひどい、と思ったのだろうか。

でも、いま、ありがとう、と言われて、心が穏やかになっている。

わたしがしたことが役に立った。

そう思えることが嬉しい。

「私はひどい父親で、ひどい夫だった。でも、これからはまともな人間になると約束する。だから、おまえはいつでも帰ってきていいんだぞ」

「え？」

テレサは首をかしげる。

「帰ってくるってどういうこと？」

「毎月送られてくるお金は必要最低限しか使っていない。残りはきちんと貯めてある。だからといって、それで以前みたいな金持ちに戻れるかというと、さすがに無理だ。だが、いざとなればこの家を売ればいい。三人で小さな家を探して住もう。だから、おまえは我慢をしなくていいんだ」

「お父様……」

テレサは父親をハグした。

「ありがとう。そんなにわたしのことを心配してくれて。でも、いいの」

帰ってきたところで、わたしはあまり役に立たない。ジェイコブのところにいれば、金銭面での援助はできる。

それに、ジェイコブの側室であるということが、そんなにいやじゃない。そのうち、どうしても我慢できなくなるときがくるかもしれないけれど、それまではいまのままでいい。我慢できなくなったとしても、なるべくがんばる。

側室になる以外の方法は、あのときはなかった。そのことを父親にずっと申し訳なく思ってほしくない。

選んだのは、わたし。決めたのも、わたし。

だれかに強要されたわけじゃない。

そのプライドは、ずっと持っていたい。

「わたしはわたしの意思でいまの状況を選んだのよ。お父様は何も悪く思う必要はないわ。お母様が元気になったんだから、わたしは幸せよ」

リビングにいる母親を見て、ああ、幸せだ、と思った。それだけで、わたしはジェイコブの側室になった甲斐《かい》がある。

テレサはぽんぽんと父親の背中を撫でると、体を離した。

「もしかして、それで使用人を雇ってないの？」

無駄なお金を使わないために。

「使用人は雇っているぞ？」

父親が不思議そうな表情を浮かべる。

「え、どこにもいなくない？」

「通いだからな」

なるほど。通いだとお給金が節約できる。家がきれいなのは、きちんと掃除をしてくれる人がいるからだとわかって、ほっとした。父親が全部やっていたらどうしよう、と心配してたのだ。さすがに、そこまではしてほしくない。

「ちゃんと雇って。二人だから、そんなに人数はいらないでしょうけど。あと、庭師も。お父様は、毎日、お母様に花を生けてあげて。それだけでいいと思うの。お母様、嬉しそうだったわよ」

「私は…お母さんを裏切って…」

「あのね、お父様」

テレサは父親の言葉をさえぎった。

「お母様、もっと元気になるわよ。そうしたら、二人で第二の新婚生活を送ればよくない？楽しそう！」

不貞を働いた、とか、そういうことを娘に言わなくていい。テレサだって、うすうす感づいていたとしても、父親から聞きたくはない。

「そうか…そうだな…」

父親は、うんうん、とうなずいている。

「人はやり直すことができると思うか？」

「もう、お父様は別人になったんでしょ？　毎日、花を生けるなんて、そんなお父様知らないもの。だから、やり直せるわよ」

いつか、すべてが笑い話になればいい。

「ありがとう、テレサ」

真摯な口調でお礼を言われて、テレサは少し恥ずかしくなった。

わたし、すごくえらそうじゃない？

でも、お礼を言われて悪い気はしない。

「じゃあ、お母さんのところへ行ってやってくれ。私は花を生けてから戻る」

「わかったわ」

バスルームを出ようとして、テレサは振り返る。

「お父様」

「ん？」

「大好きよ」

いろいろやらかしてくれたけど。それでも、やっぱり変わらない。

お父様が大好き。

「私もテレサを愛しているよ」

父親は泣きそうな表情で笑った。

うん、わかってる。

だから、大丈夫。

わたしはジェイコブの側室として、胸を張って生きていける。ほかのだれかに陰口をたたかれたとしても、すべてを知っている父親が味方でいてくれたら、それだけでいい。

いつか、母親にも全部話せるだろうか。元気になった母親が、わたしが側室になった理由を知ったら、どんな反応をするだろう。

怒る？　おもしろがる？　驚く？　泣く？　感謝する？

そのどれもな気がする。

テレサがリビングに戻ったら、母親とジェイコブが楽しそうに話をしていた。

「あ、テレサ！　あの人は？」

「お花を生けてるわ。昨日までのお花を窓にぶらさげるのを手伝わされたの。お母様、あのバスルーム使うの？」

「バスルームは二階のを使ってるわよ。いちいち一階まで下りてくるのは大変だし」

じゃあ、あの花は母親のためじゃないのか。もしかして、父親自身が花を眺めて楽しんでいるとか？

それはそれでいい。父親にものんびりした時間があるとしたら安心する。

「お茶を飲んでいく時間はあるかしら？」

「もちろん！　時間なんて、いくらでもあるわよ。じゃあ、わたし、お茶入れるわね。紅茶でいい？」

母親とお茶を飲むなんて、いったい何年ぶりだろう。

「あら、テレサ、お茶なんて入れられたの？」

「お母様に白湯《さゆ》を持っていってあげてたのは、わたしでしょ？　お湯ぐらい沸かせるし、お湯を沸かせたら、紅茶も入れられるのよ」

お金がなくて、テレサが料理をしていたことは言わなくていい。お茶だけ入れられるということにしておこう。

「ジャーに入ったクッキーも出せる？」

「それは、わたしには無理じゃないかな。むずかしいわよね」

くすくす笑いながら答えると、母親もくすくす笑ってくれた。

こういう時間が本当に久しぶりで、うっかりすると泣きそうになる。でも、笑っていたい。母親が、今日は楽しかった、と思えるように。

わたしが病弱なせいでテレサはずっと寂しかったのね、と悔やまないように。

生まれつき病弱なのは、母親のせいじゃない。でも、もっと体が弱くなったのは、ドクター・ジェンキンズのせいだ。

許せない。どうにかしたい。

あとからジェイコブに相談してみようかしら。

「花を生けたよ」

父親が花をきれいに生けた花瓶を持って、リビングに入ってきた。

「あなた、ちょうどよかったわ。これからお茶を飲むの。みんなで座って、ゆっくり話しましょう」

「いいね」

父親はテーブルに花瓶を置くと、母親のところに行って、頬にちゅっとキスをした。そういう場面も見たことがないから、やっぱり涙がこぼれそうになる。

幸せすぎて、どうしていいかわからない。

両親とジェイコブが笑顔で話しているのを見ていると、ああ、わたし、側室になってよかった、と心から思えた。

もし、あのままだったら、家族全員、餓死していたかもしれない。だって、どう考えても、そのうちお金が尽きていた。

それなのに、いま、家はきれいで、ごはんにも困ってなくて、使用人も雇えて、父親は花を生ける精神的な余裕がある。母親は元気になって、これから一緒にお茶を飲む。

これが幸せじゃなくてなんなんだろう。

よかった。

本当によかった。


「ありがとう」

実家を出て、迎えの車に乗り込むとすぐに、テレサはジェイコブにお礼を言った。

「何が？」

ジェイコブが首をかしげる。

「いろいろと。すごく楽しかった！」

「それはよかった」

ジェイコブがにっこりと笑った。

「お母様が元気になったの、ジェイコブが主治医を変えてくれたからよ。ごめんなさい。あなたが最初、ドクター・ジェンキンズがやぶ医者だって言ったときに信じなくて。本当にひどいことをされていたみたいで…思い出したら怒りで震えるわ」

お金のために、母親を寝たきりにした。病弱と、ずっと寝たきりはちがう。気づかなかった自分たちのことも含めて、すごく悔しい。

「大丈夫。あいつ、もう二度と医者できないから」

ジェイコブが、ふふん、と得意そうな表情を浮かべる。

「え…？」

「やぶ医者なだけなら、引っかかるほうが悪い、と思うけどさ。さすがに、害になる薬を飲ませてたのは許せない。テレサのお母さんだけじゃなくて、ほかにもそんなことされてる人がいるだろうし」

あ、そうか。母親だけじゃない可能性のが高いんだ。わたしはそのことは、まったく考えてなかった。

ジェイコブはさすがだ。

「だから、まあ、あっちこっちに手を回して、完全に息の根を止めてやった」

「殺したの⁉」

それは、やりすぎじゃない⁉

「ちがうよ。医者としての息の根を止めてやったってこと。それに、そんな物騒なことする必要はない。金がなくなったら、そのうち、勝手に野垂れ死にするさ」

野垂れ死にだったらいいか、と思ってはいけないんだろうけど。母親にされたことを考えると、そのぐらいしょうがない、としか思えない。

わたしが冷たいわけじゃないわ。ドクター・ジェンキンズがひどいのよ。もうドクターじゃないみたいだけど。

母親の十年以上を奪ったことが許せない。母親が元気になるのは、もちろん嬉しいけど、テレサはそんなに頻繁に実家に帰れない。一番悔しいのは、もっとも母親が恋しい時期である子供時代に母親の存在を取り上げられたこと。

お母様は病弱なんだから、しょうがない。

そうやって自分を慰めていたのに。それが薬のせいだったなんて。

そうよ。ジェンキンズなんてどうとでもなればいいわ。

「ジェイコブ」

「ん？」

「あいつが野垂れ死んだら教えてね」

そのときは祝杯をあげよう。

「情報が入ってきたらな」

そっか。ジェイコブもくだらない人に関わっていられないだろうし。でも、いつか教えてもらえたらいい。

「それより、テレサの実家、使用人がいなかったけど、お金大丈夫か？　うちの管財人からは、未払いもないし、おかしなことにお金を使ってないし、かなり余っているだろう、って話なんだが、お父さん、また何かとんでもないことになってたりしないか？」

どうしてお金がなくなったのか、ジェイコブは知っている。だから、テレサとおなじ疑問を抱くのだ。

「わたしも聞いてみたの。そしたら、通いの使用人にしてるんですって。お金を貯める、って張り切ってたわ。お金がない時期が堪えたのかしら」

テレサがいつでも帰ってきていいように、という本当の理由はさすがに言えない。

「へえ、そうなんだ。ま、あげたお金はどうしてくれてもいいんだけど。もし、株とかで増やすつもりなら、自分でやらないで管財人に任せて、って言っといて」

「わかったわ。でも、わたしがお願いしたら、使用人と庭師は住み込みで雇うことになったわ。

夜に二人だけって、なんだか寂しいじゃない？　あと不用心だし」

そうよ。不用心よ。何人かはいてくれたほうがいいわ。

「そっか。なら、よかった。使用人がいないのに家がきれいだから、お父さんが掃除しているのかと」

「お金がなかったときは、してたわよ」

「え！」

ジェイコブがのけぞった。

「わたしが料理、お父様が洗濯、掃除は交代で。使用人が全員辞めちゃったから、自分たちでするしかないしね」

「テレサ、料理できるんだ？」

「切るだけ、焼くだけ、煮るだけ、なら」

母親は消化にいいスープが主食だったので、スープだけ何種類も作れるし、上手になった。ほかはいつも似たようなものばかりだったけど、父親は、おいしいよ、と言ってくれていた。

無一文生活には絶対に戻りたくないけれど、そういった思い出もある。

「今度、作ってみて」

「側室がキッチンに立ったら、コックが怒らない？」

使用人には使用人のやり方があるし、縄張り意識もある。雇い主は彼らのテリトリーには近づかないのが常識だ。

「そこは低姿勢で頼むよ」

そういえば、ジェイコブは使用人にとてもやさしい。もちろん、失敗をしたら怒りはするけど、意味もなく使用人に当たったりはしない。なので、使用人はみんな、ジェイコブが好きだ。そういうのは、雰囲気でわかる。

ジェイコブが頼んだら、コックもキッチンを明け渡してくれるだろう。

「だったら、気が向いたときに作ってみるわ」

鳥が安かったときに作った丸ごと一羽を煮込むスープなら、ジェイコブの口にもあうだろう。あのときは、父親がすごく気に入って、三日分ぐらいの予定でいたのに、一日で全部なくなってしまった。

「到着しました」

運転手が車を止めて、そう告げる。

「ご苦労様」

ジェイコブは律儀にそう返して、車から降りた。テレサに手を貸そうと、外で待っている。

今日は実家に連れていってもらったせいか、ジェイコブのいいところばかりが目に入ってくる。

この人の側室になってよかった。おかげで、母親も元気になったし、父親も別人のように変わった。

でも、そういうことがなくても、ジェイコブの側室なことに不満はない。

最近は、普通におしゃべりをたくさんする。子供のころのこと、好きな本、好きな遊び、これまでで一番楽しかった思い出、悲しかったこと、悔しかったこと、ほかにもたくさん。

だれかと結婚をするというのはこういうことか、と日々思う。

おたがいのことを知って、距離が近づいて、そこにいることが当たり前になっていく。

このまま、正妻がくるまで穏やかに過ごせればいい。

「ジェイコブー！」

甲高い声がして、どーん、という音がした。さっきまで目の前に立っていたジェイコブの姿が消えている。

「ジェイコブ⁉」

テレサは慌てて車から出た。そこには信じられない光景が広がっている。

地面に倒れたジェイコブと、その上に乗っている水色のドレスを着た女性。

「ジェイコブ？」

「テレサ…！　ちがう、これは…」

ちがう、って何が？

よく見ると、上に乗った女性は、ジェイコブの顔中にキスの雨を降らせている。

「ちょっと！　あなた、何！」

テレサは思わず、その女性を引っぱがした。

わたしのジェイコブに何をするのよ！

「いったーい！」

地面に尻もちをついた女性は、大げさに騒いでいる。女性じゃない。女の子だ。テレサとおなじぐらいだろうか。

金色の髪はきれいにロールして、耳の上で二つにくくられている。ドレスとおなじ水色のリボンが飾ってあった。瞳は真っ青で、すごく澄んでいる。

うらやましいな、と思った。

わたしも、金色の髪と青い目に生まれたかった。女の子なら、だれでも一度はそう考えたことがあるにちがいない。

顔立ちもすごくかわいい。髪型もあいまって、お人形さんみたいだ。

「ジェイコブ、この人だあれ？」

「俺の側室……」

ジェイコブは息も絶え絶えという様子で、そう答えた。

「やだー！　側室をもらったって噂は本当だったの？　ジェイコブのことだから絶対にない、って信じてたのに！」

「は？　おまえに関係なくね？」

「関係あるわよ！」

金髪碧眼《へきがん》の女の子は、すっくと立ち上がった。

「あなた、名前は？」

テレサを指さしながら聞いてくる。人に指さしてはいけない、って親に習わなかったのかしら。しつけがなってないわね。

「テレサ・グラハム」

丁寧に答えてやる必要なんてない。

「わたしはキャロライン・クラークソン。ジェイコブの正妻よ！」

時が止まった。思考も止まった。

正妻ってなんだろう。

そこから先へ進めない。

「ちがう！　いとこだからおなじ名字なだけで、こいつ、正妻でもなんでもないから！」

ジェイコブの声がすっと入ってきた。こわばっていた体が、ようやくほどける。

「もー、照れちゃって！　わたしが留学から帰ってきたら結婚するって、両家の親も承認してるのに」

あ、そうか。結婚って自由にできるんじゃなかったわ。親が決めたら、その人と結婚する。

つまり、この子が正妻。

いやだ、と思った。

すごくいや。絶対にいや。

…ジェイコブを取られたくない！

それは、とても強い衝動。

どうしてなのかはわからないけど、この人には取られたくない。

「だから、側室さんはおとなしく離れにでもいてちょうだいね？」

勝ち誇ったような表情も、その言い方もすべてが気に食わない。でも、クラークソン家の人に逆らうわけにもいかない。

悔しい。

いまの身分が悔しい。

「ちょっと待て。勝手に話を進めるな！」

ジェイコブがようやく立ち上がった。

「玄関前で話し合うのもおかしいから、とにかく、いったん、中に入ろう。説明するから」

説明するから、は、テレサに向けられていた。

それだけで、なんだかほっとする。

ちゃんと説明できることがあるんだ。

「はーい！　わたし、さっき着いたから、中で待ってたの。キャロラインお嬢様、お久しぶりです！　って、みんなに歓迎されちゃった。忘れられなくてよかったわ」

これもまた、わたしに向けて。

あなたの居場所じゃないのよ、とでも言いたいんだろう。

「じゃあ、行きましょう」

キャロラインはジェイコブの腕を取った。

ジェイコブはそれを振り払おうとして、途中であきらめる。がっしりつかまれているのは、テレサからも見てとれた。

負けないわ。

ふつふつと闘志が湧いてきた。

どうやったら勝てるのかはまったくわからないけど。
それでも、あなたには負けない！

第五章

「だから、俺は承諾してないって言ってるだろ！」

「だから、ジェイコブ以外は全員承諾してるって言ってるの！」

さっきから、ずっとこの繰り返し。テレサが口を挟む余地すらない。

「全員ってだれだよ！」

「全員よ！　おばあさまから今年の責任者三人まで！」

「おまえの親は！」

「うちの親は大賛成よ！」

「嘘つけ！　昔から大反対してたじゃねえか！　いますぐ連れてこい！」

よくもこれだけ怒鳴り合って、喉が痛くならないわねえ、とテレサは感心する。お茶を頼んだほうがいいかしら？

「残念ながら、バカンスで遠い国へ出かけてるわ」

「ふざけんな！　ついこないだ、パーティーで見かけたぞ！」

「いつ？」

「三日前ぐらいだな」

「ああ、昨日出発したわ」

「俺にあいさつもなしにか？　ありえねえ！」

「なんで、ジェイコブにあいさつしなきゃいけないのよ。うちの親だって、好きなときに好きなところに行く権利はあるわ」

「こっちが聞いてもないのに、今度、どこどこへ行きますの、おほほほほ、って自慢しやがるバカ夫婦が？」

少しずつ、二人の声のトーンが落ちてきた。あー、よかった。耳がおかしくなるところだったわ。

「うちの親がバカなことは認めるわ」

キャロラインは悪びれもせずに、そう言い放つ。テレサはびっくりして、キャロラインをまじまじと見た。

親のことを内心でバカにしていようと、親がバカだと断言する人はいない。結婚前の娘はみんな、親の地位が自分の地位だ。親を貶《おとし》めて、わざわざ、自分の立場を危うくする必要はない。

心の中で、本当にバカなんだから、と思っていればいいだけのことだ。

他人に弱みを握られない。

それは上流社会における常識。

他人の悪口は好き好んで言う人たちでも、身内の悪口は表立っては絶対に言わない。そういうものだと思っていた。

テレサという他人がいるのに、わたしの親はバカなのよ、って…ああ、わたし、別にどうでもいい存在だと思われてるのか。ジェイコブはいとこだから、他人じゃないし。

なるほど、そういうことね。あなたを見下しているから親の悪口も言えるのよ、だって、あなたの親なんてもっとひどいでしょ、って感じかしら。これは、完全に喧嘩《けんか》を売られている気がするんだけど。それとも、わたしの考えすぎ？

キャロラインがテレサの方を見て、片方の唇の端をあげた。いかにもバカにした笑み。

あ、そうですか。やっぱり、喧嘩を売ってましたか。わたしは買わないですけどね。めんどうだから。

「いまだに、わたしたちの結婚に心から賛成してないのも認めてあげる」

「だろうな」

どういうことだろう。いとこ同士で結婚なんて、この世にあふれすぎている。地位の高い人たちほど、いとこや親戚と結婚することが多い。自分たちの財産や権力が他人に流れないようにするためだ。

クラークソン家ほどの身分なら、いとこ同士の結婚を望みそうなのに。

「おまえのバカ親は、俺の父親との権力争いに破れて当主になれなかったんだし、そんな憎っくき男の息子に、自分の娘を嫁がせたいと思うわけがない。おまえの父親は、本当に肝が小さいから」

ジェイコブは、わざと悪口を言っている。だって、こんなにひどいことを言うような人じゃない。意地悪だけど、他人をバカにしたりはしない。

「それはもう過去のことよ。娘がクラークソンの次期当主に嫁げば、自分も当主とおなじぐらいの権力を手に入れられるってようやく気づいたみたいだから、むしろ、そこは望みどおりでしょ。でも、問題は…」

「俺のことが大っきらい」

ジェイコブはにやりと笑った。

「そうなのよね」

キャロラインは、うんうん、とうなずいた。ジェイコブがテレサを見る。テレサは、ん？と首をかしげた。

なんで、そんなにきらいなの？

もちろん、ジェイコブはすぐに表情を読んで答えてくれる。

「子供のころ、パーティーが退屈すぎて、何かおもしろいことがないかな、と屋敷中をうろうろしていたら、たまたまおまえの父親の浮気現場に出くわしたんだよな。で、おまえの父親が慌てて口止めをしようとしたから、わかった！　ってにこっとうなずいて、そのまま会場に戻って、全員の前で言いふらしたんだよ。あのねー、アンドリュー叔父ちゃんがねー、裸になって女の人の上に乗ってたのー！　あれ、何ー？　大人になったら、みんな、あれをするのー？って無邪気を装って」

テレサは、ぷっ、と吹き出した。キャロラインの父親にしてみたらとんでもない目にあったことになるけど、他人からするとかなり笑える。

パーティー会場では、いろんな人がいろんな場所でパートナー以外とのただれた行為に明け暮れているが、みんな、見て見ないふりをするものだ。うっかり見つかることもあるけれど、そこはほぼ全員、脛に傷を持つ身。何もなかったようにドアを閉めて、さっさとその場を退散する。

もちろん、噂話として他人に広めることは忘れない。だれとだれが不貞関係にある、というのは、みんな知っている。相関図だって書けるだろう。

とはいえ、幼いジェイコブがやったような告発は絶対にしない。そんなことをしたら仕返しをされることを、全員がわかっている。

その場はいったいどうだったんだろう。大騒ぎになったのか、みんな、聞こえないふりをしたのか。

たぶん、聞こえないふりね。でも、キャロラインの父親にしてみれば、大恥をかかされたことになる。浮気をしていた場所から出てきたときに、彼がどんな心境だったのか、想像するとおもしろい。

かわいそう、なんて思わない。見つかるほうが悪いのだ。

バツが悪そうにパーティー会場を後にするキャロラインの父親を見ながら、ジェイコブは内心で大笑いしていたにちがいない。

「わざと？」

テレサはくすくす笑いながら聞いた。

「もちろん、わざと。まだ権力争いの真っ最中で、あのクソ叔父には陰でいろいろ意地悪されたからな。あんな陰湿なやつじゃなくて、うちの父親が当主になって本当によかったよ」

なるほど。子供らしさを使っての復讐《ふくしゅう》ね。

「あなたのお父様だって、別に聖人でもなんでもないでしょ」

父親の悪口を言われてむっとしたのか、キャロラインが口を挟む。

「うちの家系に聖人なんていないるのか？　いたら、ありあまる財産を困ってる人たちに寄付するだろうよ」

ジェイコブが、ふん、と鼻を鳴らした。

「聖人じゃなくていいんだよ。おまえの父親が当主になったら、うちの家族を遠い国に追い出そうとしてたことも知ってるし、その前から少しずつ財産を盗んでたのも知ってる。人望がないから投票で俺の父親に負けて、こんな古くさい家系の当主になんかなりたくなかった！　ってみっともなさすぎる負け惜しみを吐いたのもな」

「…お父様はお父様で必死なのよ」

キャロラインの声が小さい。さすがにかばえないことをわかっているのだろうか。

「必死の方向がちがうんだよな。別に正々堂々と勝負しろ、とは言わないけどさ。うちの父親だって、アンドリュー叔父さんを蹴落《け》とそうと裏ではいろいろしてただろうし。けど、やることがせこい。勝ち目はまったくないんだから、どうしても当主になりたかったら暗殺をたくらむぐらいじゃないと無理だよな。そういう頭の悪さも、投票で一票も入らなかった要因だと思うぞ」

「うるさいわねっ！」

とうとう、キャロラインの怒りが爆発する。

うん、わかるわ。たとえ、どれだけだめな人でも自分の親だもの。悪口を言われつづけると耐えきれなくなるわよね。

「たしかに、お父様はそんな人間よ！　そして、逆恨みでジェイコブの家族全員をものすごくきらってるわ！　だからといって、わたしがジェイコブと結婚することを反対してはいないわよ！」

「へー」

ジェイコブがキャロラインをまじまじと見た。

「そういえば、さっき、心から賛成はしてない、って言ってたな。ってことは、表向きは賛成したってことか。いったい、どういう風の吹き回しだ」

「お父様も大人になったのよ」

キャロラインが肩をすくめる。

「そんなわけないだろ。あいつが大人になる日なんて、絶対にこない。ああ、そうか。汚い手段で説得したのか」

「何が！」

キャロラインが、わたしを侮辱《ぶじょく》するなんて、みたいな鋭い目になった。

　顔はお人形さんみたいにかわいいのに、キャロラインはとても気が強い。テレサ自身も気が強いと思っているけれど、まったくかないそうにない。

　負けないいし、引かない。

　その決意がよく表れている。

　こういう人、きらいじゃないな。だって、自分の願いのために全力でがんばっているんだもの。

「わたしがジェイコブと結婚すれば、クラークソン家のお金を好きなように使えるわよ、って」

「まさか」

　キャロラインが、つん、と横を向く。

「お父様がお金になびくとでも？」

「お金以外の何かになびくとでも？」

　ジェイコブが、キャロラインの口真似《くちまね》をしてからかった。

「あ、わかった。おまえんち、金がないな」

「え？　わたしたちは権力争いに負けたとはいえ、クラークソンの一員には変わりないのよ。お金がなくなるなんて、そんなことがあるわけないでしょ」

キャロラインの声から、さっきの自信たっぷりな様子が消えていた。

あ、お金がないんだ。

テレサはわかってしまう。テレサのように無一文というわけではないんだろうけど、それでも、ちょっと不安になるぐらいにはお金がなくなっている。

「おばあさまが死なないからだな」

ジェイコブがにやりと笑った。

「あの年齢でまだまだ元気で、これからも長生きしそうだもんな。おばあさまの遺産をあてにしてたのに、しばらく入ってきそうにないから困ってるんだろ。で、いままで大反対してた俺との結婚を、しぶしぶながら許す気になった、と」

「ちがうわ」

キャロラインが首を振る。だけど、さっきまでの気の強さは消えていた。

「まあ、俺にはなんの関係もないけど。だって、おまえと結婚する気はないし」

「は？」

え？　じゃなくて、は？　そして、その口調がものすごく怖い。たったひとことなのに、背中がぞわぞわする。

「ずっと昔から言ってただろ。俺はおまえが好きじゃない。父親に似て狡猾《こうかつ》なところとか、他人を蹴落としても平気なところとかが無理」

「ジェイコブはバカなの？」

キャロラインの口調がどんどん冷たくなっていく。

怖い、怖い、怖い！

ここから逃げたい！

さっきまでの楽しそうに言い争っている感じは、すっかり消えてしまっていた。

「俺はバカじゃない」

「だったら、わかってるでしょ。いつかは正妻を迎えなきゃいけないし、それにふさわしい家柄っていうものがあるの。好ききらいで結婚できるなら、だれも、わたしのお父様みたいにパーティー会場でほかの女性と遊んだりしないわよ」

そう、好きじゃない人と結婚するから、結婚生活が楽しくなくて、あちこちで乱れた関係に発展するのだ。だからといって、まったく身分のちがう人と結婚はできない。

地位が高ければ高いほど、結婚は大変だ。わたし、側室でよかったかも。だって、めんどうな手続きとかまったくなかったし。

「それでも、俺はおまえはいやだ。悪いが、選択権は俺にある。おまえじゃなくても、俺の正妻にふさわしいやつはたくさんいるしな」

「どうして？　意味がわからないわ」

キャロラインは眉をひそめた。

「わたしのようにかわいくて、昔からよく知っていて、なんの気兼ねもなく浮気ができる相手と結婚しないなんて、ジェイコブ、頭が悪くなったの？」

「そういうとこ」

ジェイコブがキャロラインを指さす。他人を指さすのは失礼だとわかっていてのしぐさだろう。

さっきから会話と雰囲気が怖すぎて、ちょっとバスルームへ、とか言って、この場か立ち去りたいのに、唇が乾いて声も出せない。あの…、と声をかけて、キャロラインに、は？　と言われたら、その場で固まってしまいそうだ。

「世間話をするいとことしてなら大歓迎だけど、正妻にするのは無理。せめて、俺に好意ぐらいは抱いててくれないと。好きになってほしい、なんて理想は掲げないけどさ。俺の顔が金に見えるやつとは結婚しない」

「失礼なっ！」

キャロラインが大きな声を出した。

「わたしはジェイコブのことが好きなのよ！　それを知っていると思っていたわ。冗談じゃないわよ！　わたしがずっと昔から、ジェイコブのお嫁さんになる、って言ってたのを覚えてるでしょ！」

「身近にいる中で一番かっこよくて、わたしにふさわしいから、って理由でな。わたしがふさわしい、じゃなくて、わたしにふさわしい、ってどれだけ傲慢なんだよ。ちなみに、俺はおまえのことを身近にいる中で一番かわいいとも思ってないし、俺にふさわしいなんて露《つゆ》とも考えてないから」

キャロラインがじろりとジェイコブをにらむ。

怖いーっ！　わたし、自分のことを気が強いって思ってたけど、たぶんちがう！　キャロラインに比べたら、全然だわ！

さすがにこんなこと言われたら、わたしはへこむもの！

「じゃあ、まあ、好きじゃないってことにしましょう」

なのに、キャロラインはあっさりとそう言った。

気が強くて、したたか。本当にすごい。こうなりたい、とは思わないけど、ちょっとあこがれる。

「だから、どうしたの？」

「開き直りか？」

「ええ、そうよ。だって、ジェイコブがわたしと結婚したくなかろうと、わたしは絶対に正妻になるもの」

キャロラインはピンと背筋を伸ばして、まっすぐにジェイコブを見る。とても凛々《りり》しい。そして、本当に怖い。

「いや、それはない。そういえば、さっき、ばあちゃんや三人の責任者に許可取った、って言ったけど、あれ、嘘だろ」

「嘘じゃないわ」

「いつ会った？」

「…昨日」

少し間があった。嘘をついていると気づくには十分だ。

「それはない。昨日は会合が開かれてないしな」

「わかったわよ！　まだ認めてもらってないけど、どうせ、わたし以上にふさわしい人間はいないんだもの！　許可をもらったようなものよ！　わたしはクラークソンの血筋なんだから、他人を入れるよりましでしょ！」

「残念なお知らせです」

ジェイコブがにやりと笑う。

「俺の正妻はすでに決まってます」

「はああああ？」

「…え？」

怒りを含んだキャロラインの声と、ごく小さなテレサの声が混じった。たぶん、テレサの声はだれの耳にも届いていない。

正妻って決まってたんだ。知らなかった。いや、知らなくて当然なんだけど。だって、わたしは側室なんだし、正妻についての報告は受けなくていい。

でも、今日まで一ヶ月、ちょっとずつ距離が縮まったと勝手に感じていた。今日、テレサを実家に連れていってくれたときに、もっとその距離は近づいたと思った。

なのに、正妻は決まっていたのね。キャロラインを正妻にしない、と聞いて、しばらくはわたしだけ、なんて思っていたのがバカみたい。

「だれよっ！」

「目の前にいるだろ。テレサだよ」

「はあああああ？」

「…え？」

今度は声の主が入れ替わった。叫んだのがテレサで、呆然としているのがキャロライン。

「側室よね？」

キャロラインがテレサを指さした。失礼な、なんて、ちっとも思わない。

「はい」

自分の立場をはっきりさせるために、テレサはうなずいた。

「正妻じゃないんでしょ？」

「ちがいます」

「どういうことよ！」

それをたしかめてから、キャロラインはジェイコブに食ってかかる。

「側室が正妻になれるわけないでしょ！　それに…だれ、この子？」

「テレサ・グラハム。美人だろ」

美人？　わたし、美人なの？　どっちかというとかわいいと思って…あ、でも、かわいいの権化みたいな人が目の前にいたわ。こういうお人形さんみたいな顔立ちをかわいいというのなら、わたしはちょっとちがう。もっとしゅっとしている。

だったら、美人なのかしら？　けっして自分の容姿が悪いとは思わないので、美人かかわいいか、どっちかだ。

美人？　それとも、キャロラインとちがった系統のかわいい？

…まあ、どっちでもいいんだけど。

「グラハム？　そんな名前、聞いたことないわ。あなた、身分は？」

「男爵です」

「はっ！」

吐き捨てるような声だった。

「男爵！　一番下の爵位じゃない。うちは公爵よ！　公爵と男爵で結婚とか、そんなことできるわけないでしょ」

キャロラインのバカにした態度は、当然、不快ではあるけれど、言っていることは理解できる。公爵は貴族の中でももっとも地位が高い。男爵はもっとも地位が下。公爵家が男爵家から正妻を娶るというのは、ごく稀《まれ》にあることなのかもしれないけれど、競争相手が公爵だったら完全に負ける。

キャロラインの認識のほうが正しい。

「バカね、ジェイコブ。おとなしく、わたしと結婚しなさい」

「だから、さっきも言ったけど、残念ながら、もう決まったことなんだ。おまえの嘘とはちがって、俺はちゃんと許可を取った。三人の責任者が、テレサが男の子を産みさえすれば正妻にしていい、と判断したんだよ」

「えええええええええ！」

テレサは思い切り叫んだ。

「テレサ、ちょっと黙ってて。あとから、ちゃんと説明するから」

「え、待って。テレサ、あなた知らなかったの？」

キャロラインが味方を見つけたかのように、きらりと目を光らせた。

ちがう、ちがう、ちがう！　わたし、あなたの味方じゃないから！　怖いから、こっちを見ないで！

「だったら、断っていいのよ。ジェイコブが勝手に決めたことだから。側室のままでいいです、キャロライン様が正妻にふさわしいです、って言っていいのよ？」

にこっと笑ったら、キャロラインは本当にかわいい。でも、その奥にある怖さは全然消えていない。

そして、キャロラインの言葉で思ったこと。

いやだ。

それが正直な気持ち。

キャロラインに正妻になってほしくない。キャロラインだけじゃない。ほかのだれかが正妻になるなんていやだ。

ジェイコブは、わたしよりも正妻を大事にするだろう。そうじゃなきゃ、おかしい。そうじゃなきゃ、いけない。

でも、そんな姿を見たくない。

わたしにしたようなことを、正妻にもするなんて考えたら、嫉妬でおかしくなりそうだ。

嫉妬……？　どうして……？

ああ、わかった。

わたし、ジェイコブが好きなんだ。

そういえば、キャロラインがジェイコブにキスの雨を降らせているとき、わたしのジェイコブに触らないで！　と思った。だけど、すぐにそれを打ち消した。

わたしのじゃない。そんな立場じゃない。

そう思ったから。

でも、ちがった。

立場の問題じゃなかった。心の問題だった。

好きだから、触らないで。好きだから、正妻をもらわないで。好きだから、わたしだけにして。

そう、好きだから。

いつから好きになったんだろうか。

思い出そうとしても、よくわからない。最初から好きだったわけじゃない。だって、いやなやつだと思った。さいってい！　と何度も心の中で叫んだ。

だったら、いつ…？

初夜のときはきらいだったのよね？　ちがう？　もしかして、実はずっと、ジェイコブに魅かれてたりした？　いやなやつ、最低、と思いながらも、逆にそういう部分を好きになっていたのかもしれない。あとは、ジェイコブの顔も武器だ。あの顔を好きにならない女性なんている？　わたしも、一目惚れをしてしまったのかしら？　だから、ジェイコブにひどいことをされても、いやじゃなかったの？

たくさんの疑問が浮かんで、でも、どれにも答えが出ない。

自分の心なのに、つかめない。

いつから好きだったの？

それはわからない。わからないけど。

わたしは、いま、ジェイコブが好き。キャロラインと結婚してほしくない。

正妻になれるものなら、わたしがなりたい。

「産まれた子供が女の子だったら、わたしは正妻になれないの？」

テレサはキャロラインを無視して、ジェイコブに問いかけた。

「そうだな。だから、男の子が産まれるまでがんばろう」

何を？　なんて聞かない。何をすれば子供ができるのか、もちろん、わかっている。

「ふざけないでよ」

地獄の底から響くような低い声が耳に届いた。テレサの体が、びくっ、と跳ねる。

怖いのよ！　本当に！　気が強いだけじゃなくてとんでもなく怖いなんて、今後、絶対に関わりたくない。

「なに、二人で幸せそうに見つめ合ってるわけ？　冗談じゃないわ。わたしがジェイコブの正妻になるの！　ならなきゃいけないの！　そうじゃなきゃ、留学先を追い出される…」

キャロラインは、はっと唇に手を当てた。

「ふーん。つまりは親子の目的が一緒だった、と」

ジェイコブがにやりと笑う。

「ちがうわよ！」

否定はするものの、言葉がつづかない。いま、必死で言い訳を考えているのだろうか。

「おまえは、金がないから留学先から追い出されそうだけど、もっと留学先にいたい。アンドリュー叔父さんは、十年以上前にパーティーで恥をかかされた俺を許してないけど、どうしても金がいる。そこで、まっとうな努力はきらいなバカ親子はこう考えたわけだ。ジェイコブも側室を娶ったことだし、正妻が必要だから、とりあえず婚約だけして、金を使えるようにしよう、と」

ひどい。ジェイコブをまるで道具みたいに利用して。

でも、政略結婚っておたがいが道具みたいなものだから、なんとも言えない。ジェイコブがわたしにしたことも、傍《はた》から見れば、道具として利用したのだ。

「認めたら結婚してくれる？」

「結婚したら留学先に戻れないぞ」

「そこは婚約ということで手を打ってちょうだい。留学先で気がすむまで遊びたおしたら、戻ってくるから。結婚する前から仮面夫婦ってことでいいでしょ？　どうせ、ジェイコブはわたしのことが好きじゃないし、わたしだってジェイコブのことは金づるとしか思ってないから、おあいこよね」

キャロラインはにっこり笑った。ここで笑えることが怖い。だって、笑顔で言うことじゃない。

「おあいこの意味がまったくわからん。俺に得なこと、ひとつもなくないか？」

たしかに。ジェイコブはお金を出すだけだ。

「もう正妻を探さなくていいのよ？　すごいお得じゃない」

「正妻はいる」

「まだ、よね？」

キャロラインはじっとテレサを見た。

「どこかに男の子がいるの？　いないでしょ？　それに、ずっと女の子ばかりが産まれるかもしれないし」

「帰れ」

今度はジェイコブの声が低くなった。

「ふざけるな。女だからって大目に見ると思うなよ。それ以上、テレサを侮辱したら、全力でおまえの家を潰してやる」

「ジェイコブ…ちょっと待って…」

さすがのキャロラインも慌てている。

「帰れ！　二度と来るな！　あ、アンドリュー叔父さんに伝えてくれ。金借りにきても一銭も貸さない、ってな」

キャロラインは無言で立ち上がった。そのまま、まっすぐ顔をあげてリビングから出ていく。

やっぱり気が強い。

「わたしはあきらめないわよ」

振り向きもせず、キャロラインは言い放った。

「その子を正妻にはさせないから。わたしが正妻になるの。クラークソン家には莫大なお金があるのに、このわたしがお金を好きに使えないなんて我慢できないわ。わたしには、周りからちやほやされる権利があるんだから」

ぞわぞわぞわ、とテレサの背筋に寒気が走る。

それは、こんな考え方をするなんて、とかじゃなくて、もしかしたら、自分がそうなっていたかもしれない、という恐怖。

どうして、お金がなくなったの？　おかしいわ。わたしはお金持ちの家に産まれたはずなのに。

そのぐらいは考えたことがある。

手紙でお金の無心をして、親切にも送ってもらったお金でどうにかがんばろう、と思えたのは、寝込んでいる母親を守りたい一心だった。母親の存在がなければ、キャロラインのようになっていたかもしれない。

とても自分勝手で、醜くて、でも、たぶん、お金を持っていたのに落ちぶれてしまった人たちの本音だ。

だから、本気だとわかる。キャロラインは何をしてでも正妻の座につこうとするだろう。

どうやって？

それが本当に怖い。

「帰れ」

ジェイコブは声を張り上げなかった。淡々とそう告げた。

こういう相手への対応にも慣れているのだろう。クラークソン家ほどのお金持ちなら、たくさん、お金の無心に来る人がいる。

キャロラインは何も言わずに出て行った。

「さて」

ジェイコブがにこっと笑顔を向けてくる。

それだけで安心する。さっきまで震えが止まらなかったのに。

「あれがただの側室になるかどうかの見極めじゃなかったってばれたわけだけど。俺の正妻になってくれるつもりはある？」

なんの言い訳もせず、説明もせず、まっすぐにそう聞かれた。

「ええ、なるわ」

だから、テレサも自分の気持ちをごまかすことなく、素直に答える。

「なんで？」

「何が？」

「なんで、正妻になってくれるの？」

「キャロラインよりもわたしのがましだから」

テレサは、ふふっ、と笑った。

「たしかにね」

ジェイコブは目を細める。

「俺のこと好き？」

「ええ、好きよ」

「正妻になりたいぐらい好き？」

「そうね。好きよ」

「俺はテレサの家でテレサを一目見たときに好きになったよ」

「え…？」

テレサは目をぱちくりとさせた。

「金がなくなった男爵が家を売り出してるから、からかいついでに見に行けば？　って言われて、暇だったから寄ってみたんだけど。あんな状況なのに、テレサは凛《りん》としてて、本当に美しくて、まったく恥ずかしそうじゃなかった。そこに魅かれた。何も買うつもりなんてなかったのに、テレサが欲しくて、テレサの家族ごと買ったよ。今日、お父さんとお母さんに会って、俺の買ったものはまちがいじゃなかった、って確信できた。お父さんもお母さんも、すごくまっすぐな人だね」

「まっすぐかもしれないけど、お金はなくすわよ？」

でも、父親がお金をなくさなければ、ジェイコブとは出会えなかった。

あの貧乏だった時間はつらかったけど、無駄じゃない。

いまようやく、心からそう思える。

「なくしたら、俺が埋めるよ。だから、これからもずっと、俺のそばにいてほしい」

ジェイコブが手を差し出した。これを取ったら、わたしは正妻への道を歩むことになる。男の子を産むのが条件だから、そのためにがんばらなきゃいけない。

子供を道具にするの？

自分にそう問いかけてみる。

それをわたしは許せるの？

ううん、そうじゃないわ。

テレサは本心から否定した。

女の子でも嬉しい。ジェイコブとの子供なら、どっちでもいい。そして、いつか男の子が産まれてくれたらいいな、と思う。

それは正妻になれるから、じゃなくて。

ジェイコブとの間にできた男の子だから。

うん、大丈夫。

わたしはジェイコブが大好きだし、子供が男の子でも女の子でも愛せる。

母親が、命をかけてわたしを産んでくれたように。

わたしだって、自分のすべてをかけて、子供を産みたい。

「お金目当てでもいいの？」

テレサはいたずらっぽく笑った。自分の心がちゃんと決まっているからこそ、冗談も言える。

「お金も目当てにしてくれていいよ」

「うん。お金も目当てね」

それは否定できない。両親に毎月送金してくれているのだから。

「それよりも、わたしがジェイコブのそばにいたいの」

そう、それが素直な気持ち。

いつか正妻がくるかもしれない、と怯《おび》えなくていい。ずっと、わたしがジェイコブの一番でいられる。

「ただし、条件がひとつ」

テレサは指を一本立てた。

「側室もわたしだけにして？」

正妻になれたとしても、また別の側室をもらったらいやだ。

ジェイコブはわたしだけのもの。

ジェイコブはぽかんと口を開ける。

「え、テレサ以外に側室をもらうとでも思ってた？」

「だって、十人以上側室がいる人もいるんでしょ？」

そのせいでお金がなくなった、って言ったじゃない。権力もお金もある公爵家に入るためなら、側室でもいいから、って女性はたくさんいるだろう。

「俺はテレサがいい。テレサ以外はいらない。だから、側室もテレサだけ。それなら、俺の正妻になってくれる？」

ジェイコブがじっとテレサを見つめた。テレサは大きな笑顔を浮かべる。

「もちろん！　わたし、正妻になる！」

テレサはジェイコブの手をぎゅっと握った。

温かい。

それだけで幸せな気持ちになる。

「ありがとう！」

ジェイコブがテレサを抱き上げて、くるくる、と回った。テレサは、きゃーっ、と言いながら、ジェイコブにしがみつく。

「テレサ、さっそく子供を作ろう？」

ジェイコブがテレサの顔をのぞき込んだ。

「まったくロマンチックじゃないお誘いね」

テレサは苦笑する。

「でも、いいわ。子供を作りましょう！」

早く正妻になりたい、という気持ちは特にない。だって、正妻になれるのはわたししかいないんだもの。

ゆっくり進めばいい。

子供ができなかったら？

その不安はあるけれど、ジェイコブはきっと解決法を見つけてくれる。

そうじゃなきゃ、わたしにあんな格好をさせてまで、正妻にする約束を取りつけたりしない。

あの男性たちにおっぱいを触られて、反射的にひっぱたかなくてよかった。あのとき、おとなしくしていた自分をほめたい。

だから、いま、ジェイコブのそばにいられる。

「体力のつづく限りな」

ジェイコブがテレサを抱きあげた。

「え…このまま階段を上るの？」

「もちろん。花嫁はベッドまで抱きかかえていくもんだ」

花嫁。

その響きがすごくくすぐったい。

でも、嬉しい。そして、幸せ。

ジェイコブと目が合って、自然と顔が近づいた。

ちゅっ。

軽い音を立ててキスをすると、体の熱が一気にあがる。

「…ソファーって広いよな」

「そうね…広いわね」

階段をあがる時間も惜しい。我慢できない。

ジェイコブはそのまま、三人がけ用のソファーへ向かった。テレサをそこにそっと降ろす。

うん、これだけあれば広さは十分。

子作りでもなんでもできる。


「んっ…あぁっ…！」

テレサは後ろから埋め込まれて、体を大きくのけぞらせた。

「大丈夫？」

ジェイコブが気づかってくれる。そういえば、性行為のときはいつもやさしかった。普段は意地悪をされたりもするけれど…ううん、性行為でも意地悪をされてきたわ。危ない、危ない、ほだされるところだった。

人を好きになるって、だめね。判断力が鈍ってしまう。

「テレサ？」

「だい…じょぶ…よ…」

テレサは微笑む。

意地悪だっていい。それが、テレサが好きになったジェイコブだ。意地悪の中にやさしさがあるし、意地悪なところも含めて好きになった。

ずっとやさしかった、なんてごまかす必要はない。

突然、テレサの家にやってきて、金が欲しいならその身を売れ、と言ってきたのもジェイコブだし、実はそのときに一目惚れをしたからすべてを買った、と打ち明けてくれたのもジェイコブだ。

最初のときは反発しかなかった。

それは、はっきり覚えている。

何、この人、と思った。でも、それしか方法がなかったから、自分自身の意思で側室になると決めた。

顔はいいけど、いやなやつ。

何度もそう思った。夕食会のときも、とんでもない格好をさせるジェイコブに怒っていた。

こうやって思い出していくと好きになる要素がまったくないのに、恋って不思議だ。

いつの間にか、というのが本当にぴったりくる。

いらいらするところも、腹が立つ部分もあるのに。そして、そこを許せたわけじゃないのに。

ジェイコブをだれにも取られたくない。わたしのものでいてほしい。

何よりも強くそう思う。

目に見えるいやな部分と、目に見えない何か。その、『何か』が勝ったからこそ、わたしはジェイコブに恋をしたのだ。

「ジェイコブ…」

「ん?」

「大好き…」

ジェイコブに問われたわけじゃないのに、初めて、自分からそう口にした。

大好き、という言葉とともに、胸の中に温かい気持ちが広がる。

「俺もだよ」

ジェイコブがテレサの背中に、ちゅっ、とキスをした。

「テレサの背中、すごくきれいで好き」

「背中?」

テレサはがっかりする。背中を好きでいてくれるのはありがたいけど、なんかちがう。もっとちゃんとした愛情がほしい。

「すねてる。かわいい」

「すねてはないわよ」

テレサは唇をとがらせた。

「ちょっと期待外れだっただけ」

「好きだよ」

背中から首までをキスでなぞられて、顎をつかまれた。そのまま振り返らされて、ちゅっ、とキスをされる。

「テレサが好き。背中だけじゃないから。全部好きだから」

「よかった…」

正妻にしてくれるほど好かれているのはわかっていても、言葉にしてほしい。何度でも言ってほしい。

そのたびに安心する。

そのたびに幸せになる。

「でも、いまは、このおっぱいが好きかな」

顎から離れた手が下に降りて、テレサのおっぱいをむぎゅとつかんだ。

「んんっ…！」

テレサの唇からあえぎがこぼれる。

もう片方の手もおっぱいに当てられる。後ろから抱きしめられるようにして、両手でおっぱいを揉まれた。

ぷにん、ぷにん。ぷるん、ぷるん。

「ひっ……ん……」

「気持ちいい？」

「気持ちいいっ……そうされるの……好きぃ……」

テレサは初めて、正直に自分の欲望を口にした。気持ちいいって言いなさい、と命令されたから、しぶしぶ認めるんじゃなくて。

ちゃんと自分から言った。

「そうか。好きなんだ」

ジェイコブも嬉しそうだ。

お互いに想《おも》い合っている。

それだけで、こんなにも気持ちよくなれる。これまでとはちがう快感の質と深さ。愛情が加わると、体を重ねることがもっと大きな意味を持つなんて知らなかった。

「うん……もっと触って……？」

「こう？」

きゅう、と乳首をつままれる。

「はぁっ……ん……そこは弱いのぉ……」

びりっ、と電気が走った。

「知ってるけど、テレサから聞くと嬉しいね。もっと言って？」

「うん…ジェイコブが嬉しいなら…言うわ…」

テレサは振り向いて、にっこり笑う。すぐにジェイコブのキスが降りてきた。

ちゅっ、ちゅっ、と唇を触れ合わせることで、すごく幸せな気持ちになれる。

「乳首はどうやっていじられたい？」

「やさしくこすられるのが…好きっ…」

指の腹で撫でられるのが、一番気持ちいい。

「へえ、そうなんだ？　強いのはだめ？」

「だめ…じゃないけど…強くないほうが感じるの…」

「そっか。こう？」

つん、と突き出た乳首を指先で、こすこす、と上下に撫でられた。

「はぅ…っ…んっ…いいっ…それ…好きぃ…」

「そっか。これが好きだったのか。覚えておいて、ねだらせるときに使おう」

そんな意地悪な！　と反論してやりたいけど、ずっと乳首に触れられているので言葉が出てこない。

「あっ…んっ…やぁっ…」

あえぎばかりがこぼれる。

「こういうのも楽しいかも」

ジェイコブがおっぱいを下から、ぽよん、ぽよん、と揺らしつつ、指先でやわらかく乳首を弾いた。

「あぁん…っ…」

「どう?」

「気持ちいいっ…」

「こうやって知っていくのは楽しいね。テレサの膣も、びくびくっ、ってずっと震えてるし、感じてくれてるのがわかるよ」

そうだった。もうジェイコブのペニスは中に入ってたんだった。おっぱいに集中しすぎて、忘れてしまっていた。

それほど自然にひとつになれてることに、なんだかちょっと感動する。

でも。

「ずるいっ…」

テレサはつぶやいた。

「何が?」

「ジェイコブだけ…わたしの状態をいろいろ知ってるの…ずるいわよっ…」

わたしが何にも考えてなかった間も、ジェイコブはわたしの膣がどうなっているかをわかっていた。

それはずるい。

「しょうがなくない? テレサの膣がいやらしくうごめくんだから。俺のペニスはお行儀がいいからな。そんなに頻繁に、びくん、びくん、とかしないし」

「お行儀の問題じゃないものっ…」

そういう器官なだけだ。

「行儀の問題じゃないんだ?」

「そうよっ…お行儀だけなら、わたしのほうがよっぽどいいわっ…」

最初はわたしの中に無理やり入れたくせに。ジェイコブのペニスは、お行儀が悪いに決まってる。

「そうかな?」

ぐっ、とペニスが奥に埋め込まれて、テレサの背中がのけぞる。

「やっ…急に…しないでぇ…」

「お行儀がいいって言うから、どのくらいかと思って。俺が動いても平気なんだろ？」

「ちがっ…」

テレサは、ぶんぶん、と首を横に振った。

そういう意味じゃないってわかってるくせに！

「平気じゃないんだ？」

「平気じゃなっ…わ…よっ…」

以前なら、平気よっ！　と意地を張っていた。そして、ジェイコブに意地悪をされていた。

平気じゃない。

それを認めると楽になれる。

認められるのはジェイコブに心を預けているから。

動かれたら平気じゃない。感じてしまう。

そのことを伝えても大丈夫。ジェイコブはわたしを笑ったり、バカにしたりしない。

そう信じられる。

だれかを好きになって、そのだれかに好きになってもらえて、すべてをさらけ出せる。

それは、とても幸せなこと。

「そっか。感じちゃう？」

「…知らない」

さすがに、それを言うのは恥ずかしい。

「いっぱい感じていいんだよ」

ジェイコブがペニスを、ずるり、と引き抜いた。

「あっ…あぁん…」

「俺がテレサをたくさん気持ちよくしてあげるから」

ぞわぞわ、と背中に寒気のようなものが走る。だけど、嫌悪感からじゃない。

これは期待だ。

「いくよ」

ずん、と勢いよくペニスを押し入れられた。

「やぁぁぁっ…！」

「いや？」

「いやじゃなっ…奥まで届いてるのぉ…」

ペニスの先端が感じる部分に当たっている。

「ここ、好きだろ？」

「好きぃ…」

そう答えると、つん、つん、と先端で何度も突かれた。

「やっ…あぁん…はぅ…っ…」

体ががくがくと震える。体を支えている手が、ぱたん、と落ちそうだ。

「やっぱり、ずっと膣がびくびくしてるよ。行儀が悪いね」

「ちがっ…お行儀はいいのっ…」

それだけは否定しつづける。

だって、わたしの意思でどうにかなるものじゃないし！

「ふーん。じゃあ、ちょっと激しく出し入れしてみようかな。それでどうなるか、見てみよう」

だから、ジェイコブが動いたら、中は震えるの！　そういうふうにできてるの！　お行儀の問題じゃないの！

それは口に出せなかった。ジェイコブがペニスを勢いよく抜き差し始めたからだ。

ぐちゅ、ぐちゅ、ぐちゅ、ぐちゅ。

ジェイコブのペニスが膣をこするたびに、そんないやらしい音がする。

「あっ…あぁっ…んっ…やぁっ…」

テレサはぎゅっとソファーをつかんだ。ジェイコブが動くたびに、体が上下に揺れる。

「あ、こっちもいじらないと」

手を置いただけだったおっぱいも、またいじられ出した。おっぱいを揉まれたり、乳首をつままれたり、そのまま引っ張られたり、指先でくるくる回されたり、爪で弾かれたり。

「はぁぁん…両方はだめぇ…あっ…おかしくなっちゃ…」

ぼーっとしてきて、何も考えられない。

「おかしくなっていいよ」

ちゅっ、ちゅっ、と首筋から背中にかけて、たくさんキスをされる。

「おかしくなってるとこが見たい」

ジェイコブの動きがますます速くなった。

じゅぶ、ぐちゅ、ぐちゅん。

濡れた音がだんだん大きく響く。

ああ、わたしの中、こんなに濡れてる…。

ずぶっ、ずぶっ、と何度も出し入れされて、浅いところも深いところもくまなくペニスで愛撫された。

「あっ…あっ…あっ…あっ…」

テレサのあえぎが泣き声に近くなる。

絶頂が近い。

「俺もイクよ…」

ジェイコブがテレサの耳元でささやいた。俺も、ということは、テレサもそうなのだと気づかれている。

それが少し恥ずかしくて、でも、おなじぐらい嬉しい。

テレサは、こくん、とうなずいた。ジェイコブがそれを合図かのように、ずるずる、と入り口付近までペニスを引き抜いてから、そこでぐるりと一回回す。テレサは、ふう、と息を吐いた。力を入れていると、そこまで気持ちよくない。

「テレサも一緒においで」

ふっと耳の中に息を吹きかけられて、それだけで、ぞわぞわがとまらない。一緒においで、という言い方も嬉しい。

「…うん」

テレサはそう答えた。一瞬の間があって、ジェイコブのペニスが一気に奥まで打ちつけられる。

「あぁぁぁぁぁぁあっ…!」

びくびくびくっ、と細かく膣を震わせながら、テレサは快感の高みへ導かれた。どくん、とジェイコブのペニスからも温かいものがこぼれる。

はあはあ、としばらく二人で息をついていた。ジェイコブの精液がすべて注がれると、ぽすん、と背中にジェイコブが覆いかぶさってくる。テレサもそのまま、ソファーに体を預けた。ひんやりした革が、体に気持ちいい。

「どうだった?」

ジェイコブが折り重なったまま、問いかけてくる。

「すごくよかった…。いままでで一番感じたわ」

テレサは素直に答えた。

これまでだって気持ちよかったけど、やっぱりちがう。何が、と聞かれたらうまくは答えられないけれど、心が繋《つな》がっていることがちがった快感を与えてくれたのだろう。

「子供ができたかな?」

ジェイコブはテレサの脇腹をそっと触る。

「できてるといいわね」

テレサはそのジェイコブの手に、自分の手を重ねた。

「男の子でも女の子でもいいから、俺らの子供に会いたい」

「うん、わたしも」

テレサが振り返ってジェイコブを見ると、ジェイコブが笑顔で、ちゅっ、とキスをしてくれる。

「子供たちに会いたいわ」

一人じゃなくていい。何人でもほしい。

「そうだな。子供たちだな」

こうやってすぐに理解してくれる。それが嬉しい。

「ジェイコブ」

「ん？」

「大好きよ」

「俺もだよ」

微笑みあって、キスをした。

ああ、わたし、すっごく幸せ。

きっといま、世界で一番幸せ。

第六章

「いってらっしゃい」

テレサは玄関先でジェイコブを見送った。

「残念ね。一緒に行けたらよかったのに」

「本当だよ。お父さんとお母さんによろしく」

「うん、もちろん」

ちゅっとキスをして、ジェイコブは車に乗り込んだ。

今日、ジェイコブは親族の集まりがある。テレサはまだ側室という立場なので、出席することができない。

残念だわ、とまったく思わないのは、おっぱいを触ってきた二人に会いたくないからだ。あれはちょっとした誤解だった、そういうつもりじゃない、と言っても信じてもらえないだろうし、慣れ慣れしくされても困る。さすがにジェイコブがどうにかしてはくれるだろうけど、彼らが権力を持っている間は敵に回したくはない。

だから、テレサはお留守番でいい。

それに、テレサにも予定があるのだ。ちょうど一週間前、両親から手紙がきた。

そろそろ顔が見たいから遊びにおいで。使用人も雇えたし、お母さんもすごく元気になった。

この日はどうかね。

その指定された日が今日。ジェイコブが一緒じゃないのは残念だけど、親子三人水入らずで過ごせるのは嬉しい。

前回訪問してから、一ヶ月半が過ぎていた。つまり、ジェイコブと本当の意味で結ばれてからも、一ヶ月半。

この一ヶ月半、ただただ幸せだった。ずっと二人でいて、ずっと話して、ずっと笑い合って、ずっと抱き合って。

ああ、わたしは本当にジェイコブが好きなんだ。ジェイコブに魅かれてるんだ。

それを実感した。

自分の人生の中で、もっとも幸福な一ヶ月半。そんな時間がこのまま人生の終わりまでつづいてくれればいい。

ジェイコブの正妻になって、おたがい愛情を持ったままで、浮気なんかせずに、ただ相手だけを見つめている。

そんな夫婦になりたい。

子供が産まれたら、絶対に、もっと幸せになれる。ジェイコブとの間にできた子供なんて、かわいくてしょうがないだろう。何人だってほしい。

いまはまだ妊娠の兆候はまったくないけれど、焦る必要はない。

俺の奥さんはテレサだけだよ。

ジェイコブがそう言ってくれるから。ずっと待っててくれると信じられるから。

二人だけの生活を、いまは楽しみたい。

「あ、そうだわ。お母様にわたしを妊娠したって気づいたときのことを聞いてみましょう」

わたしのせいで、ますます母親の体が弱くなった、といつも申し訳なく思っていた。反対されていたのに無理に子供を産んだから、寝たきりに近い状態になってしまったのだ、と。

だけど、ちがった。いまはもうどこにいるのかもわからないドクター・ジェンキンズが母親を薬漬けにしたからだ。

もちろん、子供を産むことは大変なことだから、母親がテレサを産んだあと、体が弱くなったことは事実だろう。だけどそれは、時間をかければ自然に治ったはずのものなのだ。テレサが家を出るまでの十八年間、ほぼ寝込んでいたのは、ドクター・ジェンキンズがお金儲《もう》けのために母親に与えていた薬のせい。

母親について知れば知るほど、ドクター・ジェンキンズが憎らしくてたまらない。どこかですれちがうことがあったら、思い切り頬をぶってやりたい。

新しく主治医になってくれたドクター・ヤルコムは、ジェイコブを通じて、いつも細かく母親の病状を教えてくれる。いまだに完全に薬が抜けているわけではないけれど、ひどい状態は脱して、少しずつ体力もついているとのこと。季節ごとにかならずかかっていた肺炎にも、まだなっていない。ただ、実際に体は弱いので、あまり楽天的になるのも禁物だ。

いくら気をつけていても、たまには風邪を引いたり、そこから肺炎になったりすることもあるとは思います。でも、寝たきりで過ごす必要はありません。普通に暮らして大丈夫です。

そのドクター・ヤルコムの言葉が、どれだけ嬉しかったか。

そんな母親にもうすぐ会える。今日もたくさんおしゃべりをしよう。

何か手土産を、と何日も考えて、体にいいと言われているはちみつにすることにした。紅茶に入れてもいいし、パンに塗ってもいい。ついでに、おいしい紅茶とパンも持っていくことにする。バスケットに入れて、すでに準備してあった。

約束の時間にはちょっと早いけど、もう出かけましょう。

「いってきます」

「いってらっしゃいませ」

最初のころはテレサの存在をあまり歓迎していなかった使用人たちも、最近では普通に接してくれている。それが嬉しい。

この家の一員として受け入れられたようで。

最近はいいことばかりで、幸せだ、としか思ってない。

きっと、今日もそう。

そんな幸せな一日。


コンコン、とドアノッカーを鳴らした。

「はい」

男性の声がする。ドアが開いて、中に迎え入れられた。

「こんにちは」

テレサは笑顔であいさつをする。バトラーにしては若いが、一度、没落した家に勤めることをよく思わない使用人はたくさんいる。きっと、ベテランで仕事ができるバトラーが見つからなかったのだろう。

かといって、きちんと黒服を着ていないのはいただけない。

「お父様とお母様は？」

「リビングに」

リビングにおいでです、って言えないのかしら。表情も引き締まってないし、なんかにやにやしてるし、いやだわ、この人。お父様に、あのバトラーはどうかと思うわ、とこっそり言おうかしら。

いまはまだテレサが側室なので、様子見というか、ほとんど遠巻きに見ている人たちばかりだけれど、そのうち正妻になれば、グラハム家も社交界に復帰できる。そのときに、こんなバトラーしかいなければ、あそこは大丈夫なのかしら、と陰口をたたかれることだろう。

それは困る。

いますぐにじゃなくてもいいけれど、新しいバトラーを採用するように頼まなきゃ。いっそのこと、ジェイコブに頼んでもいいわね。ジェイコブなら、きちんとしたバトラーを見つけてくれるにちがいない。

ただ、会ってすぐにその話をするのもなんだから、帰り際にでも。言い忘れないように覚えておかなくちゃ。

いまは楽しくおしゃべりしましょう。

「お父様、お母様、お久しぶり…」

リビングに入って、笑顔でそうあいさつしようとしたところで、テレサは固まった。

「キャロライン…？」

リビングの一番大きなソファーにキャロラインがふんぞり返るような形で座っている。

「あなた…今日は親族の集まりなんじゃないの？」

「わたしは権力争いに負けた敵方の娘だから、出なくていいのよ。というか、出るつもりなんて、もとからないしね。今日のために、いろいろ計画したんだから」

キャロラインがにこっと笑う。お人形のようにかわいい顔をしてるのに、笑顔がとても怖い。

「お父様とお母様は…？」

震えそうになる声をどうにか隠しながら、テレサは尋ねた。

「どこだと思う？」

キャロラインが笑顔を深める。

怖い、怖い、怖い！　わたし、恐怖小説の世界に入り込んだりしてないわよね⁉

「わからないでしょうね。あ、お母様、お体が弱いんですってね。あまり長いこと、どこかに放っておかれると危ないいんじゃないかしら。早く助けたほうがいいと思うの」

それだけでわかった。

キャロラインがテレサの両親をどこかに連れ出したことを。どこ、ということはもちろん、その場所が屋内なのか屋外なのかもわからない。すでに外は寒くなっている。屋外に薄着で放り出されたら、母親の命が危ない。肺炎ですめばいいほうだ。

「どこよっ！」

テレサは叫んだ。

「言いなさいっ！　許さないわよっ！」

「許さないって、どうやって？」

キャロラインはわざとらしく、のんびり告げる。

「わたししか、あなたのご両親の居場所を知らないのに。わたしがたとえば気絶したら、絶対に聞き出せなくなるわね」

キャロラインはテーブルの上に置いてある瓶を持ちあげた。

「これを適量をハンカチに染み込ませて嗅げば、数時間は気絶できるのよ。いますぐ吸ってもいいわね」

「待って！」

こんなの勝負にならない。両親の居場所を…というか、母親の命を握られているも同然だ。

「何を待つの？」

「あなたの要求を聞かせてちょうだい」

そんなのわかりきっている。ジェイコブの正妻になりたいのだ。だからといって、それを譲ることはできない。

どうしよう。どうしたらいいんだろう。

「わたし、留学先から帰されたの。お金がないから」

「払うわ！」

それで留学先に戻ってくれるのなら、いくらでも払う。何十年分でも払ってみせる。

「遅いのよ。わたしの家にお金がないってばれちゃったからね。いまさら戻ったところで、あぁ、貧乏なのに無理してた子ね、ってバカにされるだけよ。わたしはジェイコブに何度も頼んだんだけど、ジェイコブはまったく聞く耳も持ってくれなかったわ。いとこだというのに薄情じゃない？」

キャロラインは瓶から手を離して、またソファーにもたれかかった。よかった。まだ気絶するつもりはないらしい。

「ジェイコブにはちゃんと言っておくから！」

「何を？」

「新しい留学先を探して、キャロラインをそこに行かせてあげて、って！」

近くにいなければ、もうどうでもいい。人の親をさらうような危険人物にそばにしてほしくない。

「そうね。それもいいかも、とちょっとは思ったけど、わたしはね、復讐したいの」

キャロラインの表情が、すっと消えた。

怖い。笑顔よりも断然怖い。

「ジェイコブがわたしの大事なものを奪ったんだから、わたしもジェイコブの大事なものを奪おうって。あなた、妊娠してる？」

「あなたに関係ないじゃないっ！」

妊娠してるのが、キャロラインとどう関係あるのか。

「まだわからないのね。あら、好都合。これから妊娠したとしても、だれの子供かわからなくできるわ」

意味がわからなかった。

何を言われているのか、まったく理解できなかった。

そこで、はっと気づく。

さっき、玄関先で迎えた男はバトラーじゃない！　あんな下品なバトラーを父親が雇うはずがないのだ！

ということは…逃げなきゃ！

くるっと振り返ったら、そこに、さっきの男がいた。顔はそんなに悪くないけど、いかにも下衆っぽい男。

「わたしの目の前で、その男に抱かれたら、ご両親の居場所を教えてあげるわ」

両親！

テレサの目の前が真っ暗になる。

そうだ。両親が人質に取られていたんだった。逃げたら、母親の命が危ない。キャロラインが何もしなくても、母親を放っておいたら死んでしまう。

でも、いや。こんな男に抱かれるなんていや。

わたしはジェイコブに恋をした。子供ができたら側室から正妻に、と約束してくれた。

その子供は、当然、ジェイコブとの愛の結晶のはずだ。いま、この男に犯されて、そのあとに妊娠がわかったら、わたしは喜べない。ううん、喜べないだけじゃない。子供を憎く思ってしまうかもしれない。

そんなの、絶対にいや。

「無理にはしないわ」

キャロラインはまったく感情のこもらない目でテレサを見た。

それが怖い。

キャロラインは留学先にいられなくなったことでどこかが壊れてしまったのか、それとも、もとからこうなのか。

それがわからないのも怖い。

「あなたが選んで。ご両親かジェイコブか。ご両親を選ぶなら、自分からその男にキスをしなさい。そうすれば、抱いてくれるわ。ジェイコブを選ぶなら、そのまま立ち去っていいわよ。もちろん、ご両親は何日か後に遺体になって発見されるけどね」

「いや……よ……」

テレサは小さくつぶやいた。だけど、どっちを選ぶかなんて、もう決まっている。

両親を危険にはさらせない。

ジェイコブはわたしが初めて愛した人で、きっと、これからも愛しつづける人。だけど、わたしが選ばなかったからといって死んだりはしない。

ジェイコブを選んだら、幸せにはなれる。愛した人に愛されて、いつかは子供もできて、正妻になれて、ずっとずっと一緒にいられる。

だけど、その裏には、両親の犠牲があるのだ。

それを忘れたふりして、幸せでいられる？　後悔にさいなまれないって断言できる？

できない。

ジェイコブの側室になると決めたときも両親のためだった。あのときはジェイコブを好きになるなんて思ってもいなかった。

その状態に戻るだけだ。

ジェイコブなんて知らなかったころに。ジェイコブが自分の人生にいなかったころに。

ジェイコブからの毎月の送金はなくなるけど、母親は幸い、病状が回復してそこまで治療にお金がかからない。

家は売ればいい。男爵家なんてどうでもいい。よく考えたら、子供は一人しかいないんだから、わたしが側室になった時点でグラハム家は存続できなくなっていた。

あ、男爵の称号って売れるのかしら？　爵位が欲しいお金持ちに、ある程度高い値段で売ることができたら、すごく助かるんだけど。

ジェイコブとは、今朝、もっとたくさんキスしておけばよかった。あの、いってきます、のキスが最後だなんて思わなかった。

ジェイコブとはもう会わない。

それは決めていた。

だって、こんな男に抱かれたあとでジェイコブに会いになんか行けない。

わたしは汚れるの。それなのに、ジェイコブの前になんか立てない。目も見られない。もっとたくさん、ジェイコブの顔を見ておけばよかった。もっとたくさん、話しておけばよかった。もっとたくさんキスをして、もっとたくさん性行為をしておけばよかった。

ああ、そうか…。

テレサの中が絶望感でいっぱいになる。

わたしが最後に抱かれるのはジェイコブじゃないんだ。この男になるんだ。

だったら…生きてる価値なんてある？

毎日毎日、苦しくなる。子供がもしできたら、どっちの子供かわからなくて、もっと苦しむ。ジェイコブの子供かもしれない、と思うと嬉しいし、この男の子供だったら…でも、それでも、わたしはきっと愛するだろう。

だって、どっちかは絶対にわからないのだから。

この男は目の色も髪の色もジェイコブとおんなじだ。キャロラインは、わざと、そういう人を選んだのだろう。

復讐のために。

わたしを絶望に追いやるために。

いろいろ考えた、というのも誇張でもなんでもないはず。だって、わたしはこんなにも追いつめられている。

生きていても、もう二度と心から笑える日なんかこない。

両親が助かるのは嬉しい。戻ってきた二人を見て、わたしは声をあげて泣くだろう。だけど、親は普通なら、子供よりも先に死ぬものだ。

両親を見送ったあと、わたしには何が残ってるの？

ジェイコブを愛したのに、ジェイコブじゃないだれかに抱かれた体だけ？

そんなの、いや。

それだったら…生きている意味なんかない。

そうか。両親かジェイコブか、で選ばなくてもいい。

選択肢はもうひとつある。

「わたしが死ぬのはだめかしら？」

両親を選んでも、ジェイコブを選んでも、どっちも地獄。

だったら、わたしがいなくなればいい。

「わたしが死んだら、両親を無事に戻してくれる？」

「死ねるの？」

キャロラインがバカにしたような口調で言う。

「死ねるわ」

両親が助かるなら、それでいい。ジェイコブ以外に抱かれないなら、喜んで死ねる。

「そのかわり、事故で死んだことにして。両親が、わたしが死んだ理由を知ったら悲しむわ」

自分たちの命なんていらなかったのに、と言うだろう。そして、嘆き悲しむだろう。

いま、わたしが、両親が助かるなら命なんていらない、と思っているように。

「ふーん、なるほどね。どっちにも義理だてをするのね。すっごいいい子すぎてヘドが出るわ」

キャロラインが心底いやそうな表情を浮かべた。

「まあ、でも、あなたが死んで、悲嘆に暮れるジェイコブを慰めて、わたしが正妻になれそうだから、それでもいいわ。ただ、わたしは手をくだしたくないから、自分で死んでね。事故に見せかける…そうね。お風呂で溺死はどうかしら。うっかり足が滑って、頭を打って、溺死。これなら、完全に事故よね」

なるほど。それなら、自然だ。実家でお風呂に入るのも、別におかしなことじゃない。

ただし。

「自分で溺死ってむずかしくない？」

苦しくて水につかっていられない。

「はい」

キャロラインが瓶を差し出した。

「お風呂に入って、これで気絶すれば、つぎに目覚めるのはあの世よ」

なるほどね。それなら簡単にできそう。

それでいいの？

テレサは自分に尋ねた。

両親を見殺しにはできない。ジェイコブ以外の男に抱かれたくない。

うん、それでいい。

わたしはわたしの信念を貫いて、この世を去る。これまでだって、すべて自分で選んできた。

ジェイコブの側室になることも、自分で選んだ。

この世の去り方まで選べるなんて、なんてすてきなこと。

ただ、最後に両親とジェイコブに会いたかった。それだけはとても残念だけれど、わたしがいなくなることで両親は助かるし、ジェイコブはいつかまた新しい人を好きになる。これまでだって、恋人がいたのだから。

三人ともしばらくは悲しむだろうけれど、きっと大丈夫。わたしが愛した人たちだもの。ちゃんと立ち直って、前を向いて生きていける。

ほかの選択肢を選べないから、わたしは死ぬしかない。

テレサはキャロラインの差し出した瓶を受け取るために、一歩踏み出した。

「バカ」

いるはずのない人の声が聞こえて、テレサは、え？　と思う。死ぬ前って幻聴が聞こえるの？

「おまえ、本当にバカだな」

ううん、ちがう。だって、キャロラインが目を見開いている。ということは、つまり…。

振り返ると、ジェイコブが立っていた。

「そこは、この男に抱かれとけよ。一回ぐらい許すから。なんで死のうとするんだ、バカ。状況考えたら、俺は怒らないし、怒れない。抱かれるぐらいですんでよかった、って思うぞ」

「ジェイコブ…」

「ジェイコブ、ちがうの、これはっ…！」

キャロラインがテレサにかぶせるように言葉を発する。

「思っているのとちがうの！　本当に死なせるつもりはなくて！　あと、ご両親を誘拐なんてしてないから！」

「え…？」

テレサは驚いて、キャロラインを見た。

誘拐していない？　じゃあ、両親はどこにいるの？

「知ってる。っていうか、全部知ってる。おまえが計画してたことを全部。テレサあてに手紙を書いて、テレサの返事を郵便受けから抜き取って、今日、ここに来るように仕向けたことも、な」

テレサはもう声も出ない。あの手紙は父親からじゃなかったの？　じゃあ、なんで、いま、両親はここにいないの？

それが表情に出たのだろう。ジェイコブがやさしい声で答えてくれた。

「ご両親はうちの別荘にいる。俺からの招待ってことで、ゆっくり二人の時間を過ごしているよ。キャロラインはそれを知って、うちの会合と両親がいなくなる今日、おまえを実家に呼び寄せたんだ。ただし、それも全部、俺の計画だけどな」

「はあ？」

キャロラインがソファーから飛び上がった。

「なに言ってんのよ！　嘘つかないで！」

「いつか、おまえはテレサに何かをする。だったら、さっさと実行させようと思ったんだよ。いろんな罠《わな》を張り巡らせたら、これに引っかかったから、じゃあ、どういう手に出るのかやらせてみるか、と」

ジェイコブが淡々と告げた。怒っているのでもなく、悲しんでいるのでもなく、やるべきことが終わったという義務感のようなものを感じる。

「わたしが何を言ったとしても、テレサの身には何も起きてないわ。そして、わたしが言ったことも、ジェイコブとテレサしか聞いていない。もちろん、わたしは言ったことを否定するから、証拠がない以上、わたしはなんの罪にも問われない。あと、もちろん、わたしはあきらめないわよ。いつまでテレサを守れるのか、見物ね」

キャロラインは、ドスン、と音高くソファーに腰を下ろした。一瞬驚いたものの、もう開き直っている。

この人、やっぱりおかしい。

おかしくて、怖い。

「らしいです、おばあさま」

「この一族は、全員、頭がおかしいのよ」

吐き捨てるような言葉とともに、夕食会で黙って座っていたおばあさまが姿を現した。

「おばあさまっ！」

キャロラインは、また立ち上がる。

「いつから、そこに…！」

「除名するわ。あの屋敷からも国からも放り出してちょうだい」

おばあさまはキャロラインを見なかった。後ろに向かって、そう命令した。そこには、こないだの夕食会とおなじメンバーがそろっている。はい、と答えたのはだれなのか。

おばあさまにはだれも逆らえないのね。

一目でわかるほどの威厳と怖さがあった。キャロラインの恐ろしさとはまたちがう、強い怖さ。

「おばあさま！　ちがうんです！　ただ脅しただけで！　だって、わたしのほうが正妻にふさわしいのに、男爵の小娘がその位置に立つっておかしくないですか？　わたしのようにかわいくて賢い女こそが、ジェイコブの隣にいなきゃ…ちょっと離しなさいよっ！　おばあさまっ！　あなたのかわいい孫を追い出すんですか？　おばあさまっ！　おばあさまっ！　ばばあ、おまえが死なないからっ…！」

耳をふさぐ前にキャロラインの声は聞こえなくなった。

「テレサね」

おばあさまがテレサを見て、にこっと笑う。笑うと、とても上品で素敵な人だ。さっきまでの威厳みたいなのが、少し薄まった。

「はい。テレサです。先日はごあいさつもせずにすみません」

テレサはスカートを持って片足を下げる、正式な礼をした。実家に帰るから普段着でいたことが、ちょっと恥ずかしい。

「いいのよ。先日はあいさつされても無視をしたから」

おばあさまは笑顔でそう答えた。

あ、そういえば、とんでもないドレスを着ていたんだったわ。

「最初からすべて聞かせてもらいました。わたしはね、ご両親さえ助ければ合格だと思っていたの。ジェイコブの言うとおり、一回ぐらいほかの男に抱かれたところで、別にたいしたことじゃないし」

「たいしたことですっ！」

テレサは思わず、大きな声をあげてしまう。

「わたしはっ！　ジェイコブ以外に抱かれるなんて……！」

途中で恥ずかしくなって、ぴたっと止めた。

なんで、これをおばあさまに力説してるんだろう。

「いまはいやかもしれないけれど、そのうち、どっちも忘れるわよ。それに、あの脅しをされてたら、抱かれるのを選ぶのが正解よ。つぎからはそうしなさい」

「そうしません。だって、産まれる子供があの男のだったら…」

「別にいいじゃない」

おばあさまは、けろり、と言い放つ。

「ちゃんと夫の子供を産んだ女性が、いったい何人いるのかしらね。一人目は大多数がそうだと思いたいけども、長い間、子供に恵まれないところは怪しいわよ」

「おばあさま」

ジェイコブがおばあさまの肩に手を置いた。

「あまりテレサを脅さないでください」

「だって、この子、つぎに似たようなことがあっても死ぬわよ」

「さすがにキャロラインみたいなのはもういないでしょう」

「断言できる？　おまえが遊んできたツケが、この子に回らないと約束できる？」

「…全力で守ります」

どうやら、まだまだいるのかもしれない。

だからといって、ジェイコブを怒る気にはなれない。自分と出会う前にジェイコブがだれとつきあっていようと、それはしょうがない。こんなにかっこよくてお金持ちなんだから、女性がほっとかないだろうし。

「そうして。死ねるわ、って気負いもなく答えたときから、わたしはこの子を大好きになったの。潔い子はいいわね。でも、うっかりすると、本当に死ぬわよ？」

「わかってます」

本当に全部聞かれてたんだ。

テレサは恥ずかしくなってきた。

だって、あれは追いつめられてたから言えたことで、つぎにおなじようなことがあったら……まずは逃げて、両親が無事かどうかをジェイコブにたしかめるかも。

「テレサ」

おばあさまがテレサに両手を差し出した。テレサはぎゅっとその手を握る。かなりの年齢だというのに、おばあさまの肌はつるりとしていた。

「よく聞いて。そして、覚えておいて。たとえ、だれがさらわれても、クラークソン家ならすぐに探せるから。だから、だれかの命と交換に、っていう脅しにはのらないで。ふーん、って思っておけばいいわ。あと、命を粗末にしないで。あなたがいなくなったら、ジェイコブは後を追うと思うから」

「うん、たぶん」

「…え！」

テレサは驚いてジェイコブを見る。

「わたしは、あなたが立ち直ると信じて命を絶とうとしたのに！　勝手に後追いしないでよ！」

後追いされるなら、わたしが犠牲になる意味がないじゃない！

ジェイコブは、ぽかん、と口を開けて、おばあさまがぷっと吹き出した。

「いいわ。この子、本当にいいわ。これまでの全員がだめだったけど、最後に大当たりを引き当てたわね。テレサ」

おばあさまがテレサの手をぎゅっと握り返す。

「はい」

「ジェイコブをよろしくね。今日から、あなたが正妻よ」

「はい！」

テレサは大きくうなずいた。そのあとで、言われた内容が頭に入ってくる。

「え…正妻ですか？」

「ええ、そうよ。正妻。あなたはクラークソン家に受け入れられたの。子供なんていなくてもいいのよ」

「ありがとう…ございます…」

なんだろう。あまり実感が湧かないんだけど。

「じゃあ、みなさん、お暇《いとま》しますわよ。若い人を二人にさせてあげてね」

あれ、そういえば、わたしを襲う予定だった男もいつの間にかいなくなっている。でも、どうでもいい。あんなやつ、どうにでもなればいい。

おばあさまはテレサの手を離して、笑顔で去っていった。そのあとから、みんなつづく。

玄関が開いてから閉まるまで、結構な時間がかかった。いったい、どれだけ人数がいたのか、知りたくはない。リビングに現れなかった人たちもたくさんいたのだろう。

「テレサ」

今度はジェイコブがテレサの手をつかんだ。

怒られるのだろうか。まあ、もちろん、怒られるわよね。勝手に死のうとしたんだし。

「ごめん」

「……え？」

まさか、謝られるとは思ってなかったわ。

「テレサに内緒でいろいろ進めて、テレサを怖い目にあわせて、本当にごめん」

「怖い目？」

何かあったかしら。

「キャロラインが脅して…」

「ああ！」

テレサは、ポン、と手を叩《たた》いた。

「そういえば、そんなこともあったわね」

「…は？」

ジェイコブが目を丸くする。

「いや、ついさっきだよ！　そんなこともあったわね、とかの問題じゃないし！」

「だって、わたし、正妻になれるのよ！　もう、ほかのことはどうでもいいわ！　わたし、ジェイコブの奥さんになるの！　結婚式もできるわ！」

嬉しい！　両親にわたしの花嫁姿を見せてあげられる！

「…テレサって何？」

「どういうこと？」

「もう、すっごい大好きだよ！」

ジェイコブが、ぎゅっとテレサを抱きしめた。

「こんな子、会ったことがない！　なんで、死ぬなんて言うんだよ！」

「だって、それが一番悲しくないんだもの」

テレサは肩をすくめる。

「両親が死ぬなんて絶対にいやだし、ジェイコブ以外に抱かれるなんて絶対にいやだし、ジェイコブ以外に抱かれて平気でジェイコブに会えるわけがないから、わたしが最後に抱かれたのがあの男になるものいやだし、だったら、わたしが死ぬのが一番よくない？」

なんて論理的。何度考えても、その結末にしかならない。

「残された人の気持ちを考えろ！」

「考えたわよ。だから、事故死に見えるようにして、って頼んだでしょ。事故死だったらしょうがない、ってあきらめもつくから」

うん、どこまでいっても論理的だわ。何をそんなに責められているのか、よくわからない。

「死んだらもう会えないんだよ？」

ジェイコブが悲しそうな表情になった。

たしかに、死んだら会えないけど、生きてたって会えないんだもの。だったら、おんなじじゃない？

愛している人と会えないなら、生きてても死んでるようなものだもの。

「ほかのどれを選んでも、両親かジェイコブには会えなくなるのよ。そして、生きていながらずっと苦しいの。そんなのいやよ。だったら、わたしが死にたい。逆の立場だったら、ジェイコブはどうする？」

「キャロラインをぶん殴って、あの男を顔が変わるまでボコボコにして、おばあさまに連絡して両親を見つけてもらって、正々堂々と家に帰る」

…うん、やりそう。

「わたしにはできないわよ。とにかく、あのとき、わたしは最善だと思える選択をしたし、おなじことを言われても、また死ぬわ」

ん？　また死ぬわ、って変ね。今回は死んでないんだし。

「わたしは自分で道を選ぶの。だから、あなたの側室になったし、今回だって潔く死のうと思った。それ以外は選ばない。そんなわたしがいやなら…」

言葉は途中でとぎれた。ジェイコブがキスをしたからだ。

「そんなテレサのことを愛してる」

「…ありがとう」

テレサはにこっと笑う。

「わたしもジェイコブのことを愛してる」

ジェイコブ以外に抱かれるぐらいなら、死を選ぶぐらいには。

あれ、わたしも危ない人かしら？

「テレサの部屋はどこ?」

「連れてってくれるの?」

「うん。正妻と初めての行為を、昔のテレサの部屋でするのって興奮しない?」

ジェイコブがいたずらっぽくささやいた。

「興奮するかどうかはわからないけど、幸せよ」

テレサはぎゅっとジェイコブにしがみつく。

「最期にジェイコブの顔が見れたらいいな、って願ったの」

テレサはジェイコブの耳元でそう告げた。

「でも、最期じゃないけどジェイコブの顔が見れて、わたし、いま、本当に嬉しいわ」

「テレサって、本当におもしろいね」

ジェイコブが笑って、テレサを抱き上げる。

「一生飽きなさそう」

…それはほめられているのかしら?

すごく疑問だけど、いまはおいておこう。

だって、もっと大事なことがある。

「二階にあがって、右に曲がって、左手側の奥の部屋」

「了解」

ちゅっとキスをされて、テレサは微笑んだ。

キスをされるたびに、幸せだと思う。

この人に出会えて。

この人の妻になれて。

本当に幸せ。


「あっ…あっ…あぁぁっ……！」

ジェイコブのものが入ってきて、テレサはぎゅうっと強くジェイコブにしがみついた。

離れたくない。

ずっとくっついていたい。

「気持ちいい？」

「気持ちいいっ……！」

そう言ったら、ごほうび、とでもいうかのようにキスをくれた。

何度も何度もキスをして、ジェイコブのペニスがどんどん奥に進んでくる。

「好きぃ…」

テレサはそうささやいた。

「俺も大好き。テレサに出会えてよかった」

そう言われて、涙が、つーっ、とこぼれる。

「わたしもっ…出会えてよかった…」

おかしな出会い方だったけど、それでも恋をした。

この人を、心から好きになった。

それだけで嬉しい。

「動くよ？」

「動いて…？」

テレサはそう告げて、自分もあわせるように腰を動かす。

「んっ…いいよ…テレサ…」

ジェイコブが喜んでくれる。そのことに幸せを感じる。

ずん！　と最奥を突き上げられて、テレサは大きく体をのけぞらせた。

「あぁあっ…あっ…あぁっ…」

膣がびくびくして、絶頂がもうすぐやってくることを教えてくれる。

まだ入れたばかりなのに。激しく動いてもないのに。体が敏感になっているのか、すごく感じてしまう。

「イキそう?」

テレサはこくこくとうなずいた。

「実は俺も…」

ジェイコブが照れたように告げる。

「テレサの部屋でしてる、って思ったら、すごい興奮して、ちょっと我慢ができそうもない」

「そ…なの…?」

ちょうど三ヶ月ぐらい前までテレサが住んでいた部屋は、何も変わってなかった。きちんと掃除をしてくれていて、いつでも帰ってきていいよ、と父親が言っていたのを思い出す。

もう二度と、ここで暮らすことはない。

そのことが少し寂しくて、それ以上に誇らしい。

だって、わたしはきちんと愛する人を見つけられて、幸せな気持ちで家を出て行けるんだもの。

そのうち、この部屋はなくなるのだろうか。それとも、ずっとこの状態で保っていてくれるのだろうか。

実家に帰るたびにのぞいてみよう。そして、今日のことを思い出して、恥ずかしくなったり幸せになったりしよう。

「テレサが育った部屋だよ。俺の知らない生意気で強気なテレサが、たくさんここにいたんだな、って」

「ちょっ……！　たしかに生意気で強気だけど、もっと誉めてよ！」

「かわいい」

ちゅっ、とキスをされる。

「大好きだよ」

ちゅっ、ちゅっ。

「わたしも大好き…」

ちゅっ、とキスを返したら、胸がいっぱいになった。

「じゃあ、つづきしよ」

「うん…」

うなずいたら、ジェイコブがすぐにテレサの奥をペニスの先端でつつく。

「あっ…あぁっ…」

体中に、びりびり、と電気が走った。たったこれだけのことでも、気持ちよくてたまらない。

「テレサ、愛してる」

ジェイコブがテレサの耳元でそうささやいた。

うん、わたしも愛してる。

本当に愛してる。

ジェイコブがペニスを、ずるり、と抜いて、そのまま、ずぶずぶっ！　と勢いよく突き入れてきた。

「やぁぁぁぁっ……！」

テレサの体が、びくん、びくん、と何度も跳ねる。膣も、びくびくっ、と震える。

「出るっ……」

どくん、とジェイコブのペニスの先端から、熱いものがこぼれた。テレサはそれを受け止めて、ぎゅう、と膣を締める。うっすら汗をかいた体で抱き合って、テレサは、ちゅっ、とジェイコブの耳元にキスをした。

「いまので子供ができたらいいわね」

「なんか、できた気がする」

うん、わたしもそんな気がする。

「早く産まれておいで」

ジェイコブがテレサのおなかをそっと撫でた。そのしぐさに、すごく愛しいという気持ちが湧いてくる。

わたしはこの人が大好き。

本当に大好き。

「お母様ー！」

庭で花を摘んでいたら、娘のジュディが勢いよく駆けてきた。本当におてんばね。わたしの子供のころによく似ている、と両親は言っているけれど、わたしはもっとおとなしかったわよ。

……たぶん。

「ジュディ。どうしたの？」

「お馬に乗りたいの！」

「それは、お父様に頼んで？　お母様、いま、お馬に乗れないのよ」

テレサは大きくなったお腹《なか》を、そっとさすった。ジュディが産まれてから四年。待望《たいぼう》の第二子だ。男の子か女の子かはわからないけど、元気だったらいい。願いはただそれだけ。

「えー、乗れないの？　お母様のほうが乗馬は上手なのに」

「たしかにね。お父様にも苦手なものはあるのよ」

上流階級は全員乗馬ができるものと思い込んでいたら、ジェイコブは昔は臆病《おくびょう》で、馬が怖くて逃げ回っていたらしい。ジュディが馬好きとわかってから、慌てて乗馬の練習をしているけれど、大人になって初めて習うせいか、あまり上達していない。乗馬用の囲いの中で、ジュディを前に乗せて馬を歩かせるのすら危うい。ジュディと一緒に森の中を馬で駆け回るなんて、絶対に許可ができない。

テレサは子供のころから馬が大好きだったので、乗馬は得意だ。馬も暴れないし、テレサとジュディの二人を乗せて、どこまでも走ってくれる。

そういえば、あの気持ちよさを忘れていたわね。子供が産まれて、しばらくしてからじゃないと、また馬には乗れない。それまでジュディを我慢させるのもかわいそうだ。

「あ、ジュディ、自分で乗ってみる？」

ポニーなら、もう乗れる年齢だ。

「え、いいの？　わたし、もうお馬さんに一人で乗れる？」

「ええ、もちろん！」

やりたいことは、なんでもやらせてあげたい。

「おーい！」

ジュディのあとを追いかけてきたのか、ジェイコブが息を切らせている。

「あなた。どうしたの？」

「ジュディが、お馬に乗れないなら家出をするわ！　って、すごい勢いで走っていくから、あ
あ、成長して生意気盛りなんだな、って感動してたら、いつの間にかいなくなってた。きっと、
テレサのところにいるだろう、って思ったら大正解」

「お父様、わたし、家出なんかしないわよ！　だって、お馬さんに乗れるもの！」

「…え？」

ジェイコブがテレサとジュディを交互に見た。

「だめだぞ！」

「わたしは乗らないわよ。ジュディがポニーに乗るの」

「ああ、なんだ…。びっくりした…」

ジェイコブがほっと胸を押さえる。

「わたしだって、そんなに無理はしないわよ」

「だって、おまえはジュディとおなじぐらい無茶《むちゃ》するから」

…ジェイコブにまで言われたわ。

「じゃあ、ジュディ、馬に乗りに行こうか」

「お母様も！」

「もちろん、行くわよ。ジュディの初めての乗馬を見逃せないもの」

「わーい！」

ジュディはぴょんぴょん飛び跳ねている。

本当に愛しい。こんなに愛しい存在が、この世に二人もいる。そして、そのうち、三人に増える。

ジェイコブとジュディと新しく産まれてくる子供。あ、お父様とお母様も。

わたしには大事な人がたくさんいる。

それがとても幸せ。

「手をつないでー！」

ジュディがテレサとジェイコブの間に入って、両手を差し出した。テレサはそっとジュディの手を握る。

ちっちゃくて、やわらかい。そのうち、大きくなるのよね。そのことを考えると、少し涙ぐみそうになる。

いつまでも、わたしのかわいいお姫様でいてほしいのに。

ジェイコブをそっと見ると、複雑そうな表情をしていた。きっと、ジュディがお嫁に行くところを想像して、悲しくなっているのだろう。

おまえの考えていることなら全部わかる。

ジェイコブは出会ったころ、そう言っていた。いまは、わたしだって、おなじことを返せる。

ジェイコブの考えてることは全部わかるわよ、と。

好きな人とともに暮らして、その相手をずっと観察していれば、何を考えているかを理解できるようになってくる。

好きだから、知りたい。

それが原動力。

あの当時、ジェイコブはわたしが何を思っているのか知りたくて、ずっと見つめていてくれたのだ。

そういうことがわかるのも幸せ。

「じゃあ、お馬さんに乗りに行きましょうね」

「うん！」

ジュディはにこっと笑った。

「あなた」

「ん？」

「もうちょっと乗馬の練習をしてね」

「…俺は、家族全員でいられて幸せだな、ずっとこの時間がつづけばいいな、と思ってたのに。なんだ、おまえは。ロマンのカケラもない」

ジェイコブがふてくされたように言う。

「だって、わたしたちが子供を一人ずつ乗せて遠出をしなきゃならないのよ？」

テレサは、またおなかをさすった。

「ああ、そうか。そうだな」

ジェイコブがしみじみとつぶやく。

「いつか四人で馬に乗って、森を駆け回りましょう」

「そうしよう」

はるか先の約束。それをできることが嬉しい。

わたしたちには、未来がある。

四人の未来。

願わくば、もっとたくさんの人数になった未来。

「わたし、お母様の馬に乗るわ！」

ジュディが元気にそう言った。

「その頃は、お父さんも上手になってるぞ？」

「ならないわよー。お父様、馬から落ちるんだもの！」

「あれは一度だけだろう！」

「うそよ！　三回は見たわ！」

そんな言い争いをしているジェイコブとジュディを見つめる。

ジェイコブに出会えてよかった。

本当によかった。

「テレサ？」

「幸せだな、と思ってたの」

テレサはそっと涙をぬぐって、笑顔を浮かべた。

それ以外の感情が浮かばない。

幸せ。

ただそれだけで、わたしのすべてが満たされている。

本当に、幸せという気持ちだけで。

いやなやつ、と思ったときのことは、もうはるか彼方《かなた》へ消えてしまった。
残ったのは、大好き、という想い。
最悪な出会いだったけど。
最高の結末になった。
これからも、ずっとそばにいる。
あなたと出会えて、家族になれた。
そのことがとても嬉しい。

あとがき

はじめまして、または、こんにちは。森本あきです。

今回は溺愛されるヒロインということでこれが溺愛されているのか自分でも疑問ですが、かわいいお話になったんじゃないかな、と思ってます。楽しく読んでいただければ嬉しいです！

さて、最近、宝塚にゆるーくはまりつづけているのですが、これねー、旅行とか行けなくなりますね！　一年に一回は海外に行こう大作戦は今年で途絶えてしまいそうです。まあ、しょうがない。

まず、宝塚はチケットが取れません。東京は発売と同時に瞬殺です。つまり、一般発売で取るのは無理。私はゆるーい宝塚ファンなので、どの組も満遍なく見たいわけですよ。だれかのファンクラブに入って、その人を中心にチケットを、というのは、なんかちがうんです。

じゃあ、どうやって取っているかというと、貸切公演やカード先行です。もうね、これは本当にクジ運だけです！　幸い、今年はほぼすべての東京公演に当たって（雪組のお披露目だけだめだったのかな？：）、プラチナチケットと呼ばれる『エリザベート』ですら取れたので、某チケット会社には足を向けて寝られません。

ただ、この貸切、当たり前ですが、日時は向こうが決めるわけですよ。つまりー、自分の予定がー、まったく自分で立てられない！　ここが貸切ですよ！　とメールが来て、ほう、そこかね、と申し込む。宝塚は一ヶ月に一度ぐらいの割合で各組の公演があるので、当たったら、毎月何かしらの公演には行くわけです。行かないという選択肢も申し込まないという選択肢もないいんです。あと、千秋楽をライビューで見たいじゃないですか！　そうすると、一本の公演で二日はかならず宝塚のために空けておく。それも、千秋楽以外は、何日の公演が見られるかもわからない。

こんな状態で旅行の予定なんて立てられるかっ！

それ以外にも、三谷さんが好きなので、これまた、当たったところに行かせていただく精神で申し込んでいます。海外からのミュージカル公演がきたら、それにもほいほい行く。以前は、このミュージカル公演だけだったたし、残念なことにこういった公演は売り切れることはないので、自分で好きな日を選べます。だから、どこかに旅行に行きたければ、そこを除いて取れました。

宝塚はねー、もう全然ちがうんです！　私の行きたい日、じゃなくて、向こうが取ってくれた日、なんです！　それでも、見れるだけありがたいんです！　『エリザベート』が当たってたときは、本気で、ひっ、って小さく叫びましたからね！

以前、大好きではまってたころは、もっと簡単にチケット取れてたんですけどね～。誰かのファンクラブ会員だった友達と一緒に日比谷公園前に並んだり。見に行きたければ何度でも行けてました。

あの頃は宝塚が大赤字で、いつなくなってもおかしくない、みたいなことを聞いていたので、いまのすごく人気がある状態は嬉しいんですが、好きなときに適度に見れる、ぐらいの売れ方にならないですかね…。わー、これ、すっごくおもしろい！　もう一回見たい！　と思っても、全席完売というね…。悲しいですね。

でも来年も行けるだけ宝塚に行きますよ！　という宣言をしつつ、恒例、感謝のお時間です。

挿絵は毎回毎回、お世話にしかなってない旭炬先生！　今回も素敵な絵をありがとうございました！

担当さんには本当にご迷惑をおかけしましてすみません…。今後ともよろしくお願いします。

それでは、またどこかでお会いしましょう！

森本あき

森本あき
Illustration 旭炬
新妻はみだらに濡れる
いや、とか言いながら、
欲しいんだろ。
父の莫大な借金を返すため、大金持ちとの結婚を決めたエミリア。式場で初めて会う夫、ガイアスの美貌に意表を突かれるも彼は指輪を投げてよこすような粗野な男だった。幻滅と屈辱を感じるエミリアだが、新婚初夜、楽しげなガイアスに身体を開かれ、執拗に愛されて悦楽の極みを覚えてしまう。「こんなエロい体、初めてだ。しばらく楽しもうぜ」毎夜、翻弄され変容する身体。夫の時折見せる優しさに惹かれるも彼には他に愛人が居て⁉

身代わり花嫁の災難
森本あき
Illustration 旭炬
俺でしか感じない
体にしてやる。
思い人のいる親友の身代わりに、隣国の王族ベンジャミンが飽きるまで彼のものになることを約束してしまったクリスティは彼の邸で毎日淫らな悪戯をされることに。「おまえはそうやって屈辱を感じながら涙ぐんでるのが一番かわいい」外見は完璧なベンジャミンに目隠しして縛られたり車の中で悪戯されたりして感じてしまい悔しがる彼女。親友の婚約が決まったら自由だと信じるクリスティに彼の行為はますますエスカレートしてきて!?

蜜猫 Mitsuneko Label

蜜猫文庫をお買い上げいただきありがとうございます。
この作品を読んでのご意見・ご感想をお聞かせください。
あて先は下記の通りです。

〒102-0072　東京都千代田区飯田橋 2-7-3
(株)竹書房　蜜猫文庫編集部
森本あき先生 / 旭炬先生

富豪伯爵に買われましたが甘甘溺愛されてます♥

2018年10月29日　初版第1刷発行

著　者　森本あき

発行者　後藤明信

発行所　株式会社竹書房
〒102-0072 東京都千代田区飯田橋 2-7-3
電話　03(3264)1576(代表)
03(3234)6245(編集部)

デザイン　antenna

印刷所　中央精版印刷株式会社

Printed in JAPAN
ISBN978-4-8019-1647-0　C0193